東海道品川宿あやめ屋

五十鈴りく　Riku Isuzu

アルファポリス文庫

http://www.alphapolis.co.jp/

1

それは日差し柔らかく、日に日に春めいたあたたかさの増す頃であった。

文久《ぶんきゅう》二年（一八六二年）、代将マシュー・ペリーが黒船で来航した嘉永《かえい》六年（一八五三年）よりさらに九年後。

世論《せろん》が移り変わる不安定な時代でありながらも、庶民たちが忙しく毎日を過ごすことに変わりはない。これは、江戸《えど》から京《きょう》までを結ぶ中山道六十九次《なかせんどうろくじゅうきゅうつぎ》最初の宿駅である板橋宿《いたばししゅく》にて——

参勤交代の侍や江戸を目指す旅人たちが行き来する街道、荷駄がごった返す問屋場。それは慌ただしい宿場町の、いつもの光景である。

その板橋宿の中央、仲宿《なかしゅく》にある『つばくろ屋』という二階建ての平旅籠《ひらはたご》（遊女である飯盛女《めしもりおんな》を置かない旅籠《はたご》）の前で道を掃《は》き清めるのは、このつばくろ屋の跡取り息子、高弥《たかや》であった。この宿において跡取りとは、ただ大事にされ、棚の上に飾っておいてもらえるような身ではない。

跡取りだからこそ、丁稚《でっち》がするような仕事もできなくてどうすると言われる。それをおかしいと思う間もなく大きくなってしまった。

高弥は前髪を落として間もない、初々しさの残る十六歳。顔立ちは男にしては優しく体も小柄であり、年よりも幼く見られがちだ。それを当人も少しばかり気にしている。

「今日もいい天気だなぁ」

塵《ちり》を集めて取りきると、ううんと大きく伸びをして薄青く広がる春の空を見上げた。

雲ひとつない澄んだ空である。そこにまだ咲ききらぬ桜の枝が視界に被さる。

この時、高弥には決めていたことがひとつあった。月代《さかやき》を剃って一人前と認められたその頃に、自分を試してみよう、と。

そしてこのことは、あの桜が咲ききる前に父母へ告げる。高弥はそう己に課していた。

箒《ほうき》と塵《ちり》取りを手に、つばくろ屋の頭文字『つ』を染め抜いた紺地の暖簾《のれん》を割って中に入る。そうすると、その板敷にはそろいの縦縞《たてじま》のお仕着せを着た二人がいた。このつばくろ屋の番頭と手代《てだい》である。

「ありがとうございます、高弥坊ちゃん」

ニコニコと愛嬌のある笑みを浮かべて高弥から箒《ほうき》と塵《ちり》取りを受け取ったのは、手代《てだい》の留七《とめしち》である。少し抜けたところもあるけれど、それが親しみやすくも感じられる。

「この宿ではおれが丁稚《でっち》みてぇなもんだっておとっつぁんは言うんだから、掃除はおれの仕事。いちいちありがとうとか変だ」

そんな二人のやりとりを、帳場格子の中からあたたかく見守っていたのは、番頭の藤助《とうすけ》だった。

「旦那さんも、高弥坊ちゃんが立派にお育ちになってお喜びでしょう」

渋みのある声で笑う。この番頭、藤助は、誰もが認める切れ者である。かといって偉ぶるでもなく、穏やかで優しい。目尻に皺《しわ》を刻んで笑う藤助は、つばくろ屋の主《あるじ》である高弥の父よりも少し年上で、だから兄のようなものだと、父もこの藤助を頼りにしている。

そうして、高弥の妹の福久《ふく》。近所でも評判の看板娘なのだが、十四ということもあって、まだまだ幼い。額にかかるうっとうしい花簪《はなかんざし》を挿し、上機嫌でやってきた。

「あんまりチャラチャラしたのは仕事の邪魔だ。仕事のねぇ日にしな」

きっぱりと言った高弥に、福久は現《うつつ》に引き戻されたようであった。

「そんなぁ。仕事のない日って、ほとんど毎日仕事じゃあないの」

それもそうなのだが、福久が動くたびに揺れる簪《かんざし》は目の端に入るだけで気が散りそうだ。

「兄さんの意地悪」

むくれて、福久は藤助の背中に隠れる。そういうところは小さい頃から変わらない。

――と、こんなところで油を売っている場合ではなかった。高弥は忙しいのだ。表の掃《は》き掃除が終わったら、次の客が訪れるまでの間に夕餉《ゆうげ》の下ごしらえをしなくてはならない。

このつばくろ屋は主《あるじ》自らが包丁を握る、少し変わった旅籠《はたご》である。もともと、父はこの宿の料理人であったのだ。それが縁あって一人娘である母の婿に収まり、この旅籠《はたご》の主《あるじ》となった。

そんな父が作る料理は高級なものではないけれど、美味《うま》さが評判を呼び、その飯食いたさにつばくろ屋を目がけてくる客もいるほどだった。

真心尽くしのもてなしと料理自慢の宿、それがつばくろ屋なのだ。


高弥が裏手の井戸で手を洗い、前垂《まえだれ》で拭きつつ勝手口から板場へ入ろうとすると、朗《ほが》らかな声が障子戸を突き抜けて届いた。あの声は母だ。母の佐久《さく》は、常に誰に対しても笑顔を絶やさない。

高弥は深く息をして覚悟を決めると、戸を開けた。その途端、場が引き締まるのを感じた。

「遅い。表を掃《は》くだけのことに時をかけすぎだ」

ぴしゃりと父に叱られ、高弥は身をすくめた。そんな二人を、母が畳の上でおろおろと見守っていた。

「高弥、頑張ってね」

こっそり言い残すと、母はそそくさと板場を去った。邪魔をしないためだ。

この板場にいる時、父は父ではない。師匠なのである。

「す、すいやせん」

恐る恐る謝る。高弥が頭を下げ、そうして上げると、父の整った顔が高弥に向けられていた。高弥の父、つばくろ屋の主《あるじ》である弥多《やた》は、役者のように整った顔をしている。

昔はそこまで厳しかったとは思わない。ただ、高弥が料理に興味を持ち、料理を覚えたいと言ったその時から、父は今まで以上に厳しくなった。

「まずその盥《たらい》にある蕗《ふき》の茎と葉を分けて、茎をまとめておけ」

「へい」

盥《たらい》の中に、先の方が少し赤みがかった茎を持つ蕗《ふき》が乱雑に入っている。山盛りで、かなりの量だ。蕗《ふき》は甘辛く煮て伽羅蕗《きゃらぶき》にすると美味《うま》い。ただし、手間がかかるのが難点だろうか。

一度煮て終わりではない。さっと煮た後、汁気を切ってひと晩乾かし、そうしてまた煮る。これを、蕗《ふき》が黒に近いほどの色に染まるまで繰り返す。面倒だけれど、丁寧に仕上げることでより美味《おい》しくなるのだ。濃い味つけのため日持ちする上、白米がよく進む。

ここでもたもたしていると叱られるのがわかっているから、高弥は爪の先を蕗《ふき》の灰汁《あく》で黒くしつつも急いだ。客と奉公人、家族の分。蕗《ふき》は少しくらい捌《さば》いても減った気がしなかった。そんな間にも、父はしなやかな動きで包丁を振るっている。

美味《おい》しかった、疲れが癒えたと告げて、客たちがこの宿を発《た》っていく。祖父が始めたこの宿を、三代目として引き継ぐのは高弥なのだ。無残に潰すようなことだけはしたくない。だから高弥なりに毎日この宿のことを思って学び、過ごしているつもりだ。

だからこそ、願うことがある。しかし、それをこの父に言い出すにはかなりの勢いが要るのだ。さて、どう切り出したものか。

そんな雑念を感じたのか、父が一度無言で土間の高弥に顔を向けたから、高弥はそれから一心不乱に蕗《ふき》の葉をむしった。

そんなにも言いにくいのならやめてしまえばいいのかもしれない。いいや、そういうわけにはいかない。これは約束でもあるのだから。

高弥が初代つばくろ屋主《あるじ》である祖父、伊平《いへい》と交わした大事な約束——

高弥が幼い頃、旅籠《はたご》を営む二親《ふたおや》は、何せ忙しかった。高弥はそんな二人の背を見てばかりいた。のんびりと相手をしてもらえた記憶はほとんどなく、高弥のお守りをしてくれていたのは、もっぱら隠居をした祖父であった。

「じいちゃん。ねえ、おいら、大きくなったらつばくろ屋を継ぐよ」

忙しく働く二親《ふたおや》のことを誇りにしていた。それから、優しい祖父のことも。そんな大事な人々のために高弥ができる最大のことが宿を継ぐことなのだと、幼い頃から感じていた。

祖父は皺《しわ》が深いながらに赤みのある頬を持ち上げて笑った。好々爺《こうこうや》のそれはそれは優しい笑みだ。

祖父は常に笑顔であった。そんな祖父と一緒だと、高弥は少しも寂しくなかった。これを口にしたのは、大好きな祖父に喜んでほしかっただけの軽い気持ちからだ。

二人きりの縁側で祖父は、高弥を膝に載せて言ったのだった。

「それは嬉しいねぇ。でも、主《あるじ》になるんだったら、生半《なまなか》な覚悟じゃあいけないよ」

いつも優しい祖父が、笑顔で言った言葉は、思った以上に優しくなかった。高弥はぽかんと口を開けてしまった。

「どういうこと」

首をかしげた高弥に、祖父がゆっくりとうなずいた揺れが伝わる。

「主《あるじ》は宿と奉公人を守らなくちゃいけないからね。自分ばっかりが偉いような気になっていちゃいけないんだよ。でも、お前の周りは奉公人ばかりで、皆お前に厳しくはできないから——そうだねぇ、そのためにはうちで働くだけではなくて、他所様《よそさま》に修業に出て荒波に揉まれてきてからにするといい」

「あらなみだね。ふぅん、わかったよ。おいら、大きくなったら海のあるところへ修業に出る」

「そうかい。高弥、頑張るんだよ。海はなくてもいいから」

「うんっ」

苦労して旅籠《はたご》を営んだ祖父は、商いの大変さを知るからこんなことを言ったのだ。それに気づいたのは、その祖父が亡くなってからであった。

宿は火が消えたように寂しくなり、訪れた客でさえ、祖父の死を知ると身内のように悲しんでくれた。それは祖父の人徳だった。

奉公人たちは嘆いてばかりもいられず、その祖父が残した宿を守《も》り立てていかねばと、いっそう決意を新たにした。

二年が過ぎ、ようやく祖父のいない日常を受け入れられるようになったとも言える。

そんな祖父との約束だから、高弥はなんとしてでも他所《よそ》の宿へ修業に出る。そうして、つばくろ屋を始めた祖父に恥じない主《あるじ》になって跡を継ぐ。修業は、どうしてもやり遂げねばならぬことなのだ。

修業に出ることを前提に、田舎者と見くびられないよう、高弥は江戸っ子らしく話すよう普段から心がけてきた。すべては立派な旅籠《はたご》の主になるためだ。

もちろん、この宿に勝るもてなしの宿などないと思っている。父のもとにいても学ぶことはまだまだ山のようにある。

修業に行くにしても、今は時期尚早なのかもしれない。それでも、祖父との約束ばかりでなく、自分が他所《よそ》でどれほど通用するのかを試したい気持ちも芽生えた。それが胸のうちで膨らみ、焦り始めていたとも言えるけれど。

ただし、つばくろ屋は忙しい。だから高弥が抜ければ負担は皆にかかる。それがわかっていてのわがままだから言い出しにくいのだ。

まな板に向き合う父を、またじっと見た。それに気づいたのか、父が機敏に振り向くから高弥は肩を跳ね上げた。

「ぼさっとするな。七輪の用意をしておけ」

「へ、へいっ」

高弥は土間の片隅に寄せてあった七輪を抱え、慌てて外へ出た。

厳しい父だが、父はこれでも母には弱い。

婿養子だから肩身が狭いとか、そんな理由で弱いわけではない。若い頃から恋焦がれて、ようやく射止めた恋女房なんだとか。こっそりと教えてくれたのは、このつばくろ屋の初代番頭、利助《りすけ》という人であった。

一度見たら忘れがたい、目も鼻も口もはっきりとした男で、そんな見た目のわりには気さくで穏やかだ。高弥が幼い頃に独り立ちし、このつばくろ屋を去った。けれど、つばくろ屋に義理立てして板橋宿で宿を開くことをせず、どうせならと品川宿《しながわしゅく》に移ってしまった。

当人曰《いわ》く、板橋宿にはこのつばくろ屋がある。品川にはつばくろ屋のようなもてなしの宿がないかもしれないから、ここで学んだことを向こうで広めたい、と。

女房と一人息子を引き連れ、今は品川宿で無事に宿を営んでいる。徐々に客足も伸びているとたまに文《ふみ》が届く。宿を始めた際、名も利兵衛《りへえ》と改めた。

それに伴い、藤助が手代《てだい》から番頭に、留七が丁稚《でっち》から手代《てだい》に上がったのである。藤七や留吉といった、それぞれに見合った名で呼ばれていた当時のことなど、高弥はすでに思い出せない。

高弥の願いが膨らんだのは、この利兵衛の影響が大きい。利兵衛は品川宿でのことを文《ふみ》に書き連ねて送ってくれていたのだが、それを読ませてもらうたび、高弥は修業に行くならあそこだと思うようになっていた。

その日、父と作り上げた膳は、浅蜊《あさり》の味噌汁、独活《うど》の酢味噌和え、鰊《にしん》の塩引き、揚げ出し豆腐、切り干し大根、香の物。伽羅蕗《きゃらぶき》は一度煮て乾してあるけれど、客に出せるまでまだ数日かかる。

準備が整うと、いつも母と福久と、それから通い女中の日出《ひで》とで配膳する。

すべての仕事を終えると、通いで来ている日出だけが帰り、他の皆で夕餉《ゆうげ》の席を囲む。板場の畳の上で主《あるじ》も奉公人も一緒に食べるのだ。

その席で、高弥はまず切り干し大根を最初に噛み締めた。大根の苦《にが》みは薄れ、味はよく染みており、噛めば噛むほど甘みを感じる。

その料理が一番美味《うま》いと感じられる時を計って順番に料理する。これも父のこだわりだ。

夕餉《ゆうげ》の後《のち》、客はもう寝静まった頃であるから、皆も眠るだけだ。けれど、高弥には道具の後片づけなど、板場の雑務が残っている。

火が落ちて暗くなった板場で行灯《あんどん》を灯し、洗っておいた鍋や盥《たらい》などを拭いた。朝、少しでも乱れていると、また父に怒られる。

毎日のことであるから、片づけも手早くできるようにはなってきた。それでも、高弥はこの日、片づけを終えても板場にいた。ここで落ち着いて考えをまとめたかったのだ。

修業に行きたいと、どう切り出せば父は許してくれるだろうか。

どうせ行かせてもらえず、怒られるだけなら言わない方がいいのかもしれない。しかし、そんな思いを抱えたまま、身を入れて働けるものだろうか。実際にここ数日だけでも雑念がまとわりつくのを感じている。

はぁ、とため息をつくと、板場の障子が開いた。何をするでもなく畳に座っていた高弥がギクリとして振り返ると、戸を開けたのは母であった。

「たーかや」

なんとものんびりとした声である。母は高弥の悩みなどお構いなしに畳の上を歩いてくる。そうして高弥の隣に座った。

「まだ終わらないのかしら」

そう言って小首をかしげている。母は娘の頃から小町娘と呼ばれていたそうだけれど、年を取ろうと可愛い人というのは面《つら》の皮一枚のことではなく、内面から可愛らしいものなのだと、母を見ていると思える。

高弥は苦笑しながらつぶやいた。

「終わったよ。おっかさん、まだ寝ないのかい」

「寝るわよ。ただ、ちょっと気になっただけ」

ニコニコと、母は笑顔で言う。

「高弥、何か言いたいことがあるんじゃあないの」

そのひと言に、この母を見くびっていたことを知った。母はのんびりしているように見えて、なんでもお見通しであった。

「え、なんで――」

「わかるわよ。わたしは高弥のおっかさんなんだから」

そういうものなのだろうか。高弥は一度言葉に詰まり、それからぽつり、ぽつりと語り出した。

「わかるんだ、おっかさんには。うん――実は、ずっと考えていたことがあって」

「なぁに」

母になら、父に言うよりは言いやすい。いずれ父にも言わなければならないけれど、まず母から伝えてみようか。

高弥は頬を軽く掻《か》いて口を開く。

「おれ、いずれこの宿を継ぐのなら、今のうちに他所《よそ》の宿へ修業に出てみてぇ。それは若いうちじゃないとできねぇんじゃねぇかって思って――」

すると、母はつぶらな目をパチパチと瞬《またた》いた。驚いたのだろう。けれど、すぐにまた笑った。

「あら、そうなの」

あっさりと、それだけである。高弥の方が返答に困った。

「だ、駄目かなぁ」

「さあねぇ。おとっつぁんに訊《き》いてみないと」

などと言って目は天井を仰ぐ。それはもっともであるけれど――

母は再び笑顔で立ち上がった。かと思うと、障子戸をカラリと開けて、客を起こしてしまわないようにひっそりとした声で外に向けて言った。

「おまえさん、藤助もちょっと来て。高弥が話したいことがあるんですって」

「ええっ」

心の準備ができていない。あたふたと思わず逃げ腰になった高弥だったけれど、逃げ出す前に父と藤助が板場に入ってきた。

母が作ってくれた機会なのだ。これはもう、覚悟を決めるしかないと高弥は腹をくくった。

父が母の横に座り、藤助がその後ろに控える。高弥は細く長い息を腹の底から吐き出し、そうして姿勢を正すと畳の上に指を突いた。

「おとっつぁん、一年他所《よそ》の宿へ修業に行かせてくださいっ」

声が裏返りそうになった。それを抑えながらひと息に言いきると、後はもう父の顔を見るのが恐ろしかったせいもあり、深々と頭を下げて畳に額をつけたまま返答を待った。手が汗ばみ、震える。その緊張の中、父のひそめた声が夜気を震わせた。

「今のお前は半人前。他所《よそ》に出したところでうちの評判を落とすだけだ」

予測はしていたけれど、ザクリと胸を抉《えぐ》る言葉である。ただ、それで傷つくのは、父の言葉が真《まこと》だからだ。父から見れば高弥など、未だによちよち歩きの頃から変わりない。

けれど、ここで引いては余計に、そんな軽い気持ちで言い出したのかと呆《あき》れられる。一度口にした以上は必ず、それを通さなくてはならない。そう高弥に教えたのは、他でもない父なのだ。

「そうならねぇように精進しやす。皆に迷惑をかけちまうことも承知で行くんで、半端なことはしねぇつもりでおりやす」

ぐっと、畳の上の手を拳に変え、そこに力を込める。そんな高弥を、父はどんな目で見ているのだろうか。ただ、ぽつりと心情の読み取れない声で言った。

「もし本気ならば、これからふた月の間、もう少しは見られるように厳しく仕込む。うちの名を辱《はずかし》めないと私が思えたなら、その時に許しをやる。それでもいいか」

「へ、へいっ。無論で」

パッと顔を上げた高弥が見た、行灯《あんどん》の微かな灯りを受けた父の顔は、やはり何を思っているのか感じ取れない。後ろの藤助が苦笑している。

「それなら、明日から覚悟しておけ」

それだけを言うと、父は板場を静かに出ていった。藤助は動かず、そっと微笑んでいる。

「よござんしたね、高弥坊ちゃん。これから大変でしょうけれど」

「あ、ああ。でも、駄目だって言われると思ったからびっくりした」

そう、意外にも父は怒りもせず、突っぱねもしなかった。これからふた月後にそれが延びただけの話かもしれないけれど。

「おとっつぁんもああ見えて、本音は嬉しいのよ。高弥がそんなことを言い出すほど大きくなったんだなぁって」

嬉しいなんて、そんなことがあるだろうか。嬉しそうには見えなかった。

それでも、母が言うのならそう思うことにした。

●

それからというもの、高弥は、父は自分にいつも以上に厳しく接するのだと覚悟を決めていた。ただ、厳しくはあるものの、それは意外な面もあった。

「お前の腕は未熟だが、土台はできている。これからふた月の間に仕上げまでこなせる料理を増やしておけ」

「へ、へい」

宿の面汚《つら》しにならぬためではあるけれど、父も高弥の腕が他所《よそ》で通用すると見込んでくれているのではないか。そんなふうにも思えたから、高弥も必死で父に食らいついて学んだ。


慌ただしくひと月が過ぎる。

桜は咲き、そうして散った。街道の賑わいもほんの少し落ち着きをみせる。

そんな中、仕事を終えて母屋《おもや》へ戻った高弥を父が待っていた。仏壇の前で父は懐《ふところ》から文《ふみ》を取り出す。

「お前の願い通り、利兵衛さんに文《ふみ》で頼んでおいた。その返事がきた」

どきり、と心《しん》の臓《ぞう》が大きく鳴った。

品川宿へ行きたい。けれど気心の知れた利兵衛のところでは修業にならないから、できれば別の宿がいいと言っておいた。その返事だ。

「利兵衛さんが口入屋《くちいれや》を介さずお声をかけてくだすったようで、その宿への請状《うけじょう》も後々《のちのち》送って頂けるとのことだ」

話が着実に進んでいる。高弥は胸が高鳴るのを抑えきれなかった。

新しい場所には高弥の知らないものがたくさん待っていて、それは素晴らしい、実りの多い時を過ごせる。

つらいこともあるだろうけれど、きっと充実した気持ちでこのつばくろ屋に戻れるはずだ。そうしたら、祖父の位牌に約束を守ったと告げるのだ。きっと、喜んでくれるだろう。

今からそれが楽しみでならない。

「ありがとうございやす」

父に向かい、深々と頭を下げる。仏壇に置かれた位牌は物を言わないけれど、高弥の旅立ちを見守ってくれているような、そんな気がした。

高弥を受け入れてくれるという宿は、平旅籠《ひらはたご》の『菖蒲屋』というところだそうだ。

水無月《みなづき》（六月）の品川宿は牛頭天王祭《ごずてんのうさい》に加え、譜代《ふだい》大名の参勤交代の時期である。その頃には人手はいくらあっても足りないから、それに間に合うように来てほしいとのことであった。

しばらくは馴染《なじ》むのに手間取り、段取りよく動けずに余計な迷惑をかけるかもしれない。だから、五月のうちに宿に入らせたいと父が利兵衛に文《ふみ》を書いたところ、すぐに請状《うけじょう》が送られてきた。

それを携え、高弥はついに品川宿へと向かうことになった。


旅立ちには程よい日であったと思う。

夏の盛りほどお天道様《てんとうさま》が厳しいこともなく、冬の寒さに苛《さいな》まれることもなく、初夏の晴れた空の下、高弥はつばくろ屋の前で家族と奉公人に送り出される。

品川宿までは、日本橋《にほんばし》を経由したとしても四里半（約一七・六キロメートル）。若い高弥の足ならば余裕を持って着けるだろう。旅というほど大げさな道のりでもない。

明け六つ（午前六時）、高弥は菅笠《すげがさ》と草鞋《わらじ》の他は旅装とは言えぬ縞《しま》の小袖、小さな風呂敷包みだけを手に頭を下げる。

「それじゃあ、行って参りやす。ご迷惑をおかけしやすが、何卒よろしくお願いいたしやす」

「藪入《やぶい》りには戻ってきてね」

母が名残惜しそうに言う。そんな母の袖をつかみながら福久が口を尖らせていた。

「兄さん、女郎遊びとか覚えちゃ嫌《やぁ》よ」

「おれは修業に行くんだって言ってるだろっ」

修業に出る兄を見送る言葉がそれかと高弥は憤《いきどお》るものの、福久の目にはうっすらと涙が浮いていて、寂しい故の憎まれ口かと思ったら怒りもスッと収まった。

「本当に途中までご一緒しなくてもよろしいのでしょうか」

留七がそんなことを言った。

「いいよ。おれだってもう子供じゃないんだから」

それくらい一人で行けなくて何が修業だ。修業はもう始まっているのだ。

それから父を見た。父は無言で、けれど静かにうなずいた。その目は穏やかで、師というよりも親らしくあったように思う。だから高弥も顎《あご》を引いて背筋を伸ばした。

背を向けて歩き出すと、いつまでも皆の心配が背中に絡みつくようであった。

しかし、どこまでもそれが追ってくることはない。時が経てば皆、離れていく。

今は一人。それを強く感じた。繋いだ手を離された子供のような、覚束《おぼつか》ない心持ちであった。

「兄さーん、いってらっしゃーいっ」

人のまばらな街道に福久の声が響き渡る。きっと、大きく手を振って、泣きながら見送ってくれている。それがわかったけれど、高弥は振り返らなかった。振り返ったら、皆と離れがたいような気がして、今日と決めたのに出立《しゅったつ》を延ばしてしまいそうになるから。

振り返らない代わりに高弥は高く片手を挙げ、それから前を見据えて歩き出した。

つばくろ屋を訪れてくれた旅人たちもこんな気持ちで郷里を後にしてきたのだろうかと、ぼんやり思った。

まずはこの板橋宿を抜ける。つばくろ屋のある中央の仲宿から平尾宿《ひらおしゅく》（下宿《しもしゅく》）に向けて歩いた。まっすぐな街道を歩く分には道に迷うこともない。

平尾宿の一里塚を越えると、そこから二里半（約九・八キロメートル）で江戸日本橋である。旅人たちや農家の人々、何かとすれ違う人が多く、高弥は愛想よく振る舞って道行きを楽しんだ。

思えば、こうして一人で出かけることなどなかった。不安はあれど、気が楽とも言えた。

見る景色はすべて新しく、輝いている。風も心地よく頬を撫で、高弥は上機嫌で街道を歩いた。

江戸――日本橋に近づくと、日頃から宿場町の賑わいに慣れている高弥でさえ、圧倒されるものがあった。ぼんやりしていると道行く人に跳ね飛ばされそうな活気がある。

日本橋の南詰西側は、触書を書き記した木札が立つ高札場。そこで立ち止まっている人々はいるものの、東側は罪人の晒し場だ。北詰の東側にある魚河岸《うおがし》は朝早くから気の荒い男たちが集まる。だからぼさっとしていては危ないのだが――

高弥は橋の真ん中で、川風に吹かれながらぐるりと辺りを見回した。そこから見える江戸城と富士という、江戸っ子自慢の絶景を惚れ惚れと眺めたのである。

日本橋の擬宝珠《ぎぼし》の向こう側の風光に、なんとも胸が躍《おど》る。船乗りたちの誇り、押送船《おしおくりぶね》もちらほらと見えた。あの船が江戸へ魚を運んでいるのだ。粋筋の男たちが大柄の浴衣を捲《まく》り、駆け回っているのが見える。

橋の上から楽しく眺めていたけれど、すぐにハッとした。高弥はこれから修業先へ行くためにここを通るのだ。それを忘れていた自分を心の中で叱責し、それからひとつ息をついて踏み出した。

橋を渡りきると、東海道《とうかいどう》の始まりである。

大店《おおだな》の堂々たる看板と紺暖簾《のれん》がずらりと並ぶ日本橋の通りを歩く。それこそ、武士も町人も入り乱れており、その中を駕籠《かご》かきが走り抜けていく。高弥は周りに気をつけながら人混みに交じった。隣の男の体臭までもが嗅ぎ分けられそうな中を、やっとの思いで抜ける。

日本橋を離れると徐々に道は空き、歩きやすくはなった。品川宿までは半日ほどで着ける距離である。

疲れたということはない。これから行く修業先のことを考えていたら、疲れなど感じない。

高弥が世話になる宿には、どういった人たちがいるのだろうか。利兵衛が選んでくれた宿なのだから心配はしていないけれど、中には反りの合わない相手だっているかもしれない。つばくろ屋の奉公人は、高弥が主《あるじ》の子であるから高弥に合わせてくれる。けれど、他所《よそ》へ行けばそんなことはない。高弥の方が気を遣い、合わせなくてはならないのだ。

今まで誰かに対してとりわけ苦手だとか嫌いだとか、そういう気持ちを抱えたことはない。なんとかやっていけるだろうとは思うけれど。

高弥は胸を弾ませながら品川宿へと急いだ。

――東海道の品川宿、中山道の板橋宿、奥州《おうしゅう》街道の千住宿《せんじゅしゅく》、甲州《こうしゅう》街道の内藤新宿《ないとうしんじゅく》を『江戸四宿《ししゅく》』という。その江戸四宿の中で最も栄える品川宿は日本橋から二里（約七・八キロメートル）、東海道最初の宿場である。

品川宿はもともと目黒川《めぐろがわ》を境界とし、北と南とに分かれていた。それが享保《きょうほう》七年（一七二二年）に北品川宿のさらに北、無許可の茶屋などがごった返していた辺りがまとめられて、宿場の労役を負担することを条件に『歩行新宿《かちしんしゅく》』となった。南北の品川宿はそれに対し、本宿と呼ばれ区別されている。

品川宿は寺院が数多く建立《こんりゅう》されているが、遊楽の地でもあった。吉原《よしわら》に劣らぬと自負するほどの遊郭としての顔も持つ。旅籠《はたご》の遊女である飯盛女《めしもりおんな》の数は、五百という規定をはるかに超え、天保《てんぽう》の頃にはその三倍近くいたという。

そうして、品川の誇りであったのは、八ッ《やっ》山橋《やまばし》を越えた先にある『御殿山《ごてんやま》』。将軍家の鷹狩《たかが》りの地であり、そののちに六百本もの桜の木が植えられ、庶民にも開放されて桜の名所となった。

けれど、それも時代の流れには逆らえぬものがある。

ペリー来航以来、その脅威を感じた幕府は、大砲を設置するための台場を建設するに至る。来航からふた月後には着手し、江戸庶民が集った桜の名所はそのために切り崩されてしまったのである。

しかし、御殿山を崩してまで埋め立てに必要な土を確保したものの、その運搬に費用がかかりすぎ、予定していた十一の台場のすべてが完成することはなかったという。その上、開国という結果に大砲は無用の長物となり果てるのだが――

それをこの時代の人々が知る由《よし》もない。

そうした事情から、この時、高弥が見た御殿山はすでに切り崩された後であった。満開の桜を見てみたかったと思うものの、それは致し方のないことである。

それでも、高弥は木挽町《こびきちょう》、新橋《しんばし》、芝《しば》、三田《みた》と抜けていく。中山道との小さな違いは、少しばかり並木が少ないことだろうか。大きな違いは、言うまでもない。

ついにやってきたこの場所に、言葉にはできないような胸の震えを覚えていた。

そこは、海原である。

どこまでも広がる青い海。

高弥の生まれ育った板橋宿に広い水辺はない。日本橋川でさえ高弥には珍しいものであったけれど、海となるとまるで違うのだ。

寄せては返す波を見飽きることもなく眺めていた。潮風とはこうしたものかと、高弥は街道の只中《ただなか》でそれを感じる。慣れない磯臭《いそくさ》さが気になったのも初めのうちだけで、海鳥の鳴く声さえも興味深かった。

旅籠《はたご》の客から話を聞くことはあっても、海を目にしたのは初めてなのだ。高弥が思い浮かべていたよりもはるかに海は広かった。波間の船の白い帆が鮮やかに浮き上がる。

さわさわと胸が騒ぐのは、好奇心だけではなく、この広い海原に対する畏怖のせいであったかもしれない。美しいけれど、一度呑《の》まれたら浮かび上がることができない深み――。それを恐ろしく思う。

この馴染《なじ》みのない海と、高弥は一年間つき合っていかなくてはならないのだ。西に広がる田畑には大した興味もそそられない。潮騒《しおさい》に耳を傾け、潮風を胸いっぱいに吸い込み、高弥は再び歩き出した。品川宿はもうすぐそこだ。お天道様《てんとうさま》が真上に来る前に品川宿に足を踏み入れた。

ただし――

それは不慣れな地である。この時の品川宿の規模は板橋宿の比ではない。板橋宿よりも大きなところであるとだけぼんやりと知っていた高弥は、その街道におののいたのである。

日本橋の賑わいに劣らぬ活気がそこにあった。軒《のき》を連ねる茶屋には、足を休めている客も多い。高弥は、飛脚、駕籠《かご》、旅人や荷駄、忙《せわ》しなく行き交う人々にぶつからないよう気を配りながら歩いた。

あまりにきょろきょろと辺りを見ていると、いかにも田舎者《いなかもの》である。せめて堂々と歩こうと思うのだけれど、顔立ちの幼さから侮られることも薄々わかっていた。

少しだけ品川宿を歩いたところで、高弥は一度茶屋の店先で休むことにした。麦湯を一杯頼み、床几《しょうぎ》の上で懐《ふところ》を探る。請状《うけじょう》と利兵衛の文《ふみ》をそこに入れてきたのだ。菖蒲屋の場所を確かめ直そうと思った。北本宿《きたほんしゅく》のどこかであったと思うのだが。

「あれ――」

懐《ふところ》に突っ込んだ指先に紙が当たらない。カサリと音もしない。

高弥は襟を広げて小袖の中を覗き込む。けれど、そこには何もなかった。

そうか、懐《ふところ》に入れたと思ったけれど、風呂敷包みの中だったかもしれない。落とすと困るから、そちらにしたような気になった。

高弥は風呂敷を解く。気持ちの焦りが結び目を固く感じさせた。もどかしい思いで開くと、そこには前垂《まえだれ》と下駄、紙入れ、替えの下帯、手ぬぐい、襷《たすき》くらいしか入っていない。

もしかすると、文机《ふづくえ》の上に置いたまま家を出たのか。いや、一度仏壇に供えたような気もする。それを確かに懐《ふところ》に入れたと思っていた。

入れた。そう、確かに一度は入れたのだ。そうなると、日本橋辺りでごった返す人に揉まれるうちに落としたのか。はたまた掏《す》られたのか――

どちらにせよ、今、手元に請状《うけじょう》がない。それは事実だった。

「どうすっかなぁ――」

高弥はがっくりと肩を落とした。

一度つばくろ屋に戻るか。しかし、戻ったところでそこにあるとも限らない。どこで失くしたのかが定かでないのだ。

第一、請状《うけじょう》を失くしたなんて理由で家に戻ったりしたら、父がどんな顔をするのか、考えるのも恐ろしい。兄さんっておっちょこちょいよね、などと福久に嗤《わら》われるのも我慢ならない。

そこでふと気づいた。

利兵衛はこの品川宿のどこかにいるのだ。利兵衛を捜せば、この失敗もなんとか取り返せるのではないだろうか。

ただ、そこに差し障《さわ》りがあるとすれば、高弥が一度も利兵衛の宿を訪ねていないことだろうか。会うのはいつも、利兵衛が家族を連れてつばくろ屋まで挨拶に来てくれた時なのだ。こちらから訪れたことはないから、宿がどこにあるのかがわからない。

宿の名はなんだっただろうか。それも聞いていないはずはないのに、今この時に思い出せない。高弥は茶屋の店先で唸《うな》っていたけれど、ここでじっとしていても始まらない。穴空《あなあ》き銭《せん》を茶屋の娘に手渡すと、真面目な顔をして訊《たず》ねる。

「あのさ、利兵衛ってお人を知らねぇかい」

瓜実顔《うりざねがお》の茶屋娘は小首をかしげた。

「さあ。どこの利兵衛さんで」

「ええと、旅籠《はたご》屋の」

「どこの旅籠《はたご》屋のさ」

「ど、どこかの」

それじゃあ捜しようがないと娘の顔に書いてあった。それは当然である。

ご馳走さん、とつぶやいて高弥は床几《しょうぎ》から腰を浮かせた。どこの誰に訊《き》けばいいのかもわからないまま、旅人以外の人を選んで訊《たず》ねながら、利兵衛の宿を捜した。

けれど、この広い品川宿の中で旅籠《はたご》屋の主《あるじ》を捜すのは、なかなかに骨が折れる。

むしろ利兵衛の名よりも宿名がはっきりしていれば、まだ捜せたのかもしれない。

急に心細くなり、自分の愚かさが旅先で浮かれた心に突き刺さる。一体自分はなんのために品川宿までやってきて、その只中《ただなか》を歩いているのだろうか。

虚《むな》しい——寂寥《せきりょう》が高弥の足に疲れを感じさせた。トボトボと、どれくらいか歩いた。駕籠《かご》かきの威勢のよさに押されながら端っこを歩く。

「あの、すいやせん。旅籠屋《はたごや》の利兵衛ってお人を知りやせんか」

棒手振《ぼてふり》の男を呼び止めた。客でもないただの若造に、棒手振《ぼてふり》は一度太い眉をひそめたけれど、高弥があまりにも心もとなく見えたのか、男はひとつ嘆息した。

「利兵衛さんなぁ。知らねぇよ。他を当たってくんな」

そうして走り出そうとした棒手振《ぼてふり》に、高弥はすがるような思いで言った。

「あの、じゃあ、菖蒲屋って宿を知りやせんかっ」

すると、男は意外にも、思い当たったようだった。

「ああ、あやめ屋な。それなら知ってるぜ」

そのひと言で高弥の心に光明が差し込んだ。

利兵衛が推してくれた旅籠《はたご》だ。評判のよい宿のはずだから、その名を知る者は多いのだろう。最初から菖蒲屋を知らないかと訊《たず》ねた方が早かったのだ。

「す、すいやせん、菖蒲屋はどちらでっ」

思わず前のめりになる。棒手振《ぼてふり》はやや体を反らせて答えてくれた。

「お、おう。この先に行きゃあすぐだ。看板も出てるし、わかるだろうよ」

「ありがとうございやす」

勢いよく頭を下げた高弥に、男は軽く手を挙げる。高弥のせいで出遅れてしまったとばかりにそのまま駆けていく。

もう、この際、請状《うけじょう》を失くしたのはどうにもならないことだ。正直に告げて謝ろう。そうして、直談判《じかだんぱん》するしかない。それで駄目だと断られたら、その時にどうするか考えよう。

高弥はよし、と声に出して、腹に力を込めた。

腑抜《ふぬ》けている場合ではない。成長した立派な男になって我が家に帰りたい。初《しょ》っ端《ぱな》から躓《つまず》いたけれど、まだ始まってすらないのだから、すべてはこれからだ。

棒手振《ぼてふり》が教えてくれたように、その宿は街道沿いにあった。ぶら下がった縦看板には確かに『あやめ屋』とある。ただし、とても字が薄い。その上、お世辞にも上手い字ではなく、読みづらい。いつから提げているものなのかはわからないけれど、はっきりとした字に替えた方がいいような気がした。あなのかおなのか、それも怪しく、下手をすると『おやめ屋』と読めてしまう。

――この時、高弥は菖蒲屋を見つけた安堵から、細かいことを考えられずにいた。注意深くこの宿の外を観察すれば、それが利兵衛の推した宿ではないとすぐに気づけただろう。安心安全の宿である証、宿講《やどこう》（旅籠《はたご》組合）加盟を示す『講』の文字の看板はない。そのような宿に、利兵衛が大事な恩人の子を預けるはずがなかった。

瓦が一枚ずれた屋根。砂埃で白く汚れた土間。紺木綿の暖簾《のれん》だけが真新しく、白抜きであやめ屋、とある。

そう、客の出入りが少ないため、擦り切れにくい暖簾《のれん》である。

高弥はそのあやめ屋の暖簾《のれん》を潜《くぐ》った――

「御免くださいっ」

呼び込みを得意とする母譲りの大声を、高弥はあやめ屋の前で発揮していた。

正面にいたのは二人の男女であった。

男は、四十路《よそじ》前くらいだろうか。ややこけた頬をした色黒の男で、目つきが厳しかった。もう一人の女は、その男よりもいくらか年嵩《としかさ》のようであった。桜鼠《さくらねずみ》で霰小紋《あられこもん》の地味な小袖。丸髷《まるまげ》にも控えめな櫛が飾られているだけで、化粧をしていないせいか人相がどこか弱々しく見えた。

旅籠《はたご》に客が訪れるには半端な時刻である。板敷の上に立っていた二人は面食らった様子で高弥に目を向けた。高弥は笑顔を向け、そうして頭を下げた。

「板橋宿つばくろ屋より参りやした、高弥と申しやす。どうぞよしなにお願い申し上げやす」

そう言えば伝わると思ったのだ。けれど、二人はわかってくれなかった。

男の方が低い声を発する。

「高弥サンとやら。よしなにってぇのはどういうことだい」

そう問い返された。もしかすると、あやめ屋の奉公人たちにはまだ何も知らされていなかったのかもしれない。高弥は困ってさらに言った。

「あ、すいやせん、宿の旦那さんにお会いできやせんか」

すると、男と女は顔を見合わせた。女がおずおずと口を開く。

「あたしはていって名で、この宿の主《あるじ》でござんすよ」

「へっ」

女主《おんなあるじ》の宿だとは知らなかった。思わずその驚きが声に出てしまった。

その高弥に、ていは薄い笑みを唇に浮かべた。

「いえ、本当はあたしの亭主が主《あるじ》でござんした。それが死んじまって、それで仕方なくあたしがこの宿を引き継いだってわけで」

「それは――」

しんみりと返した高弥を、ていの隣の男が値踏みするように眺めていた。そんなにもおかしな恰好《かっこう》をしているわけではないと思うのだが。

「あの、利兵衛さんの口利きでここに一年奉公させて頂くことになっていたはずが、その、道中うっかり請状《うけじょう》を失くしちまって――」

大事な請状《うけじょう》を失くすような頓馬《とんま》は要らぬと言われても仕方がない。高弥はその心配をした。もし駄目だと言われたらそれまでだ。尻尾を巻いて板橋宿に戻るしかない。

緊張で破れそうな胸を押さえ、高弥はていの言葉を待つ。ていは少しの間を置いて口を開きかけた。それを、隣にいた男がやや強めの口調で遮る。

「そこで待ってろ」

「へ、へい」

男は戸惑うていを促し、一度奥へと引っ込んだ。取り残された高弥は、大人しく土間で待つよりなかったのである。

○

「――ねえ、元助《げんすけ》、あんた利兵衛ってお人を知っているのかい」

ていは客間に引っ込んだ途端、潜《ひそ》めた声でこのあやめ屋の番頭である元助に訊《たず》ねた。ていは、何をするにもまずこの元助に訊《たず》ねる。それが癖になっていた。

元助はこのあやめ屋で奉公を始めて二十年余り。ていの亭主が可愛がり、育てた奉公人なのだから、その信頼は厚い。

元助は、目をスッと細めてかぶりを振った。

「いいや、知りゃしませんよ。第一、頼んでもいねぇのに誰がこの宿に奉公人を寄越すってんですか。ありゃあ明らかに宿を間違えてるんでしょうよ」

「そうよねぇ。じゃあ、教えてあげなくっちゃ」

ほう、とていがため息をつくと、元助はそんなていをじっと見つめ、つぶやいた。

「いや、教えなくてもいいんじゃあねぇですか」

「えっ」

「ここに置いてやりやしょう」

元助の言葉に、ていは耳を疑った。口を押さえ、目を瞬《またた》かせていると、元助はニヤリと笑った。目元に小さな皺《しわ》が刻まれ、それがまた凄《すご》みを感じさせる。

「いいじゃねぇですか。奉公したいって来たんですから。給金を支払うわけでもなし、精々《せいぜい》こき使ってやりやしょうや」

「え、でも——」

こことは違う、どこかの宿が高弥を待っているのではないのか。それに、その紹介した利兵衛なる人物の面子《メンツ》も潰れてしまうだろう。

けれど、そんなことはお構いなしといった様子で元助は言った。

「いかにも世間を知らねぇ、いいトコの坊ちゃんじゃねぇですか。世の中の厳しさをここで学んでいきゃあいいんですよ」

クク、と元助は小さく声を立てた。

ていは、どうしたものかと思案するも、元助がそう言うのならば仕方がないとも思う。

きっと元助もすぐに飽きるだろう。それに、高弥も嫌になったら勝手に逃げ出すはずだ。高弥にはちゃんとした家があるようだから、嫌なら逃げ帰ればいい。

「ほどほどに、ね」

などと釘を刺したところで、ていの言葉には主《あるじ》としての威厳もなく、風が吹けば飛んでしまうほどの重みしかないのだと知っていた。だから、声はいつも弱々しく、そんな自分を責めては亡き亭主を偲《しの》ぶのだった。

○

高弥が待たされている間に、土間に一人の娘が現れた。このあやめ屋は二階建てではあるものの、つばくろ屋よりも小さい。娘は土間続きの先からやってきた。多分、土間の先は台所だろう。その娘よりも障子で仕切った向こう側の台所の様子が気になったけれど、その娘は素早くぴしゃりと障子を閉めた。

「あら、お客さんで」

そう言って、娘は小首をかしげた。

年の頃は十七、八、くらいだろうか。髪は銀杏返《いちょうがえ》し、継ぎの当たった深緋《こきあけ》の小袖。肌は少し荒れているものの、色は白く顔立ちは整っている。上背が少々高めであり、高弥とそれほど変わりないように感じられた。それが高弥には切ない。

「こんな時分に珍しい。けど、すみませんねぇ。まだ支度が整っておりませんので」

今はせいぜいが昼四つ半（午前十一時）頃だろう。旅人が宿を取るにはおかしな時刻である。

「いいえ、お客じゃありやせん。おれ、ここで奉公させて頂きに来やした」

すると、娘はあんぐりと口を開けた。

「奉公って、ここでですか。わたしたち、なんにも聞いちゃいませんけれど」

やはり話が通っていないようだ。高弥が来てから改めて切り出すつもりだったのだろうか。

「まあ、女将《おかみ》さんが決めることでございますから」

と、娘は苦笑する。

「わたしは女中の志津《しづ》っていいます。ここへ来たのは六年くらい前でしょうかねぇ」

「おれは板橋宿つばくろ屋の高弥でござんす」

「板橋から。それはご苦労さんで」

ほのぼのとしたやり取りを繰り返していると、そこへていと奉公人の男が戻ってきた。男は志津を見て細い眉を跳ね上げる。

「なんだ、お志津。余計なことをくっちゃべってねぇだろうな」

「余計って、今ここで会ったばっかりですのに」

高弥のせいで志津が叱られてしまったのかと、高弥の方が委縮してしまう。

すると、男は高弥に目を向け、それから横柄な素振りで告げた。

「よし、上がりな。今日からこの宿で働かせてやる。その代わり、しっかりと働け。無駄飯食いならほっぽり出すぞ」

それを告げるのは、本来、主《あるじ》であるていではないのか。何故この男が主《あるじ》気取りでそんなことを言うのか、高弥にはよくわからなかった。

「ええと、お前様は――」

思えば、名も知らない。名乗ってすらもらえていなかった。

「俺は番頭の元助だ」

「元助さんでござんすね。わかりやした。よろしくお頼み申し上げやす」

胸の奥にほんのりと蟠《わだかま》りを抱えたまま、高弥は深々と頭を下げた。そうして、あやめ屋に迎え入れられたのである。


さっそく草鞋《わらじ》を脱ぎ、洗い桶で足を洗わせてもらったけれど、板敷を歩くと裸足《はだし》の足の裏がざらついた。砂埃がここまで入り込んでいる。

つばくろ屋でも、一日に何度も板敷を拭かなくてはこうなる。表の道を掃《は》き、打ち水をして砂埃を抑えても、やはり風の強い日には細かな砂が入り込むのだ。

ただ、ここは品川宿。板橋宿とは違った事情があるのかもしれない。潮風のせいでこうなるとか、何か理由があっても、今の高弥にはわからないことだらけであった。だからその汚れを気にしながらも、今は黙っていた。

そんな板敷の上で元助は大声を張り上げた。

「おうい、政吉《まさきち》、平次《へいじ》、こっちに来な」

どうやら奉公人たちを呼んでいるようだ。二階からドタドタと足音を響かせて下りてきたのは、高弥とそう年の変わらない二人の男だった。丁稚《でっち》と手代《てだい》の間ほどで若衆といったところだ。

一人はそばかすの浮いた顔、もう一人は目が線を引いたように細い。どちらも上背は高弥よりも二寸ほど（約六センチメートル）高かった。このあやめ屋は奉公人にお仕着せを用意していないらしく、そろいの紺の前掛けにあやめ屋と屋号があるだけだ。

政吉と平次と呼ばれた二人は、高弥を訝《いぶか》しげに眺めていた。そんな二人に、元助はにやにやと笑いながら言った。

「今日からこの宿で働くことになった高弥だ。皆、面倒をみてやれよ」

えっ、と二人は声を漏らした。志津は何も言わず、どこか冷めた目をしているだけであった。

高弥は勢いよく頭を下げる。

「板橋宿の旅籠《はたご》、つばくろ屋から参りやした、高弥でござんす。今日からお世話になりやす」

政吉と平次は顔を見合わせた。どちらがどちらだか、まだわからないけれど。

とにかく、高弥は笑みを浮かべた。けれど、高弥が笑っても、笑い返してくれる人はその場には誰もいなかったのである。

元助に対して渋々、へい、と返事をした。それだけであった。

この宿に馴染《なじ》み、働けるように仕込むのにも手間がかかる。新参者は歓迎されないものなのかもしれない。

それでも、高弥は精一杯働こうと決めた。

●

――しかしながら、そんな高弥の決意を天が嘲笑《あざわら》うかのように、何もかもが上手く回らない。

そばかすの方が政吉であった。政吉は淡々と高弥に告げた。

「一階が客間、二階が俺ら奉公人の部屋だ。ついてきな」

「へい」

高弥は言われるがまま、荷物を手に政吉について梯子段《はしごだん》を上がる。昼とはいえ、閉めきった宿の中は薄暗かった。

「こっちが奉公人の部屋だ。奥は女将《おかみ》さんとお志津のだから、勝手に開けるなよ」

「へい」

小さい宿なのだ。つばくろ屋ほどに部屋の数もなく、主《あるじ》のていも奉公人と同じような暮らしをしているらしい。奉公人と身を寄せ合って暮らす主《あるじ》なら、奉公人との絆《きずな》は強いのではないだろうか。

政吉が立てつけの悪い障子を開くと、そこは角行灯《かくあんどん》と丸めた夜具があるだけの狭い部屋であった。男三人でゆとりのないところに高弥が加わる。いくら小柄とはいえ、さらに窮屈になるだろう。

寝相よくいられるだろうか。高弥はそんなことを考え、ごくりと唾を呑《の》む。この狭さも慣れれば気にならなくなるといいのだけれど。

とりあえず部屋に荷物を置かせてもらい、それから高弥は一階に下りた。そうしたら、元助は帳場格子の中でぷかりと煙草《たばこ》を吹かせていた。横目で高弥を軽く見ただけで、何かを言ってくるわけでもない。政吉は客間の障子を開いた。

「部屋数は六――――つっても、襖《ふすま》で仕切っただけだけどな」

小さな宿なのだから、そんなものだろう。廊下など設けるゆとりもない。この品川宿の中で大きな宿を構えるには、相当な手腕がいるだろう。

「部屋の名前はそれぞれなんて言うんでしょう」

その名をまずは覚えなければと思って訊《たず》ねた。それをしないと、なんとかの間の客が呼んでいると言われても部屋を間違えてしまいそうだ。

当然のことを訊《き》いたつもりでいた高弥に、政吉は眉をひそめた。

「部屋の名たぁ、どういうこった。んなもん、アッチとコッチで十分だろうよ」

「へ――――」

あっちの部屋。こっちの部屋。

それで間違えないものなのだろうか。少々心もとない。

「部屋の名前、あった方がわかりやすかねぇですか」

ぼそりと零《こぼ》したけれど、それを政吉は鼻で笑った。

「間違《まちげ》えやしねぇよ」

「はあ」

つい、実家であるつばくろ屋と比べてしまうけれど、そういうところの方が多いのかもしれない。

部屋の名前に関してはまあいい。気になったことが他にいくつかある。

ざらつく板敷と同じように、客間もまた汚れて見えたのだ。畳には染みがあり、障子は破れた箇所さえある。全体に部屋が煤《すす》けて見えるのは、古いせいばかりではないように思われた。

しかし、いきなりそれを口にするわけにもいかず、高弥は政吉に連れられて裏手の井戸や雪隠《せっちん》（厠《かわや》）などを見せてもらった。そうしていると、志津が二人を呼びに来てくれた。

「政さん、高弥さん、お昼よ」

そう告げられた途端、正直なもので、高弥の腹はきゅぅと鳴った。板橋宿からここまで歩いてきたのだ。いつも以上に腹が減っているのも仕方がない。気恥ずかしいながら、高弥は笑ってごまかす。

志津はくすりと柔らかく笑ったけれど、政吉は小莫迦《こばか》にしたように息を吐き出した。

「ありがとうございやす、お志津さん。お志津さんが作ったんですかい」

「そうよ。飯の支度はわたしか女将《おかみ》さんね」

宿の炊事は、大概が女房や女中の仕事である。料理人を置くような宿は稀《まれ》なのだ。

あやめ屋もその例に漏れないらしい。

「食ったらキリキリ働けよ」

政吉にそう言われ、高弥は張りきってうなずいた。

「へい、任しておくんなさい」

そうして、高弥のあやめ屋での初日が始まろうとしていた。

その始まりに出た昼餉《ひるげ》は――茶粥《ちゃがゆ》であった。それに沢庵《たくあん》の糠味噌《ぬかみそ》漬けふた切れ。

傷だらけの箱膳にそれだけが置かれている。箱膳が無駄に大きく広く感じられた。

しかし、主《あるじ》であるていも同じものを食べるようであった。高弥が新入りであるからこれだけというわけではない。

台所の畳の上で、あやめ屋の奉公人たちは無言で茶粥《ちゃがゆ》を啜《すす》っていた。誰も文句など言わない。これが常で、なんの疑問もないようであった。

そう、高弥は食に関して常に恵まれていた。本来ならばこれが昼餉《ひるげ》としては妥当な、ごく普通の食事なのである。客ならいざ知らず、奉公人たちが食うものなのだ。質素倹約を心がけているのだろう。

とはいえ、茶粥《ちゃがゆ》はまだしも、沢庵《たくあん》は臭みが強かった。

食ったような、食い足りないような心地のまま、昼餉《ひるげ》を終えた。客を迎える時刻まで少しくらいのゆとりはある。高弥はそれまでにもう少しこの宿を綺麗にしたいと考えた。

「おい、高弥。まずは宿の掃除からだ」

「へいっ」

政吉に手渡された手ぬぐいと桶を、高弥は上機嫌で受け取った。政吉は高弥が嬉しそうであることが奇妙なようで、眉をちぐはぐに動かしてから言った。

「俺は買い出しに行ってくらぁ。手ぇ抜くなよ」

「へいっ」

高弥は袂《たもと》から襷《たすき》を取り出すと、背中で筋交いにして肩口で縛った。

「よし、やるぞっ」

声に出して己を奮い立たせる。最初が肝心なのだ。精一杯磨き上げよう。

裏手の井戸で水を汲んであやめ屋に戻った。まず板敷から拭いてしまおう。

土間伝いに回り込むと、帳場に元助がいた。そこでまた煙管《きせる》を咥《くわ》えている。特に何かをしているふうでもなく、煙草《たばこ》を呑《の》んでいるだけのように見えた。

高弥はまず、板敷を部屋用の草箒《くさぼうき》で掃《は》くと、手ぬぐいを濡らして軽く拭いてみた。そうしたら、手ぬぐいはすぐに黒く汚れた。なんとなく自分の足の裏を見たら、やはり黒く汚れていた。

丁寧に、少し拭いては手ぬぐいを洗い、桶の水が黒くなったら水を取り替え、何度も何度もそれを繰り返した。黒い板敷にほんのりと艶が蘇《よみがえ》るまで、高弥はせっせと板敷を拭いていた。

その間、元助は帳場格子の中から少しも動かなかった。時折、灰吹きに煙管《きせる》を打ちつける音がするくらいである。帳面の整理にしては、帳面は閉じられたままであった。気分転換にしては長い。何をしているのだろう。

そんなことが気になったのを元助が感じたのか、高弥に低い声がかかった。

「おい、いつまで同じところを拭いてやがる。とっとと他のところへ移れ」

同じところを拭いているのは、それだけ汚れがひどかったからだ。板敷を見れば、綺麗になったことがわかるだろうに。だいたい、高弥がずっと掃除をしていたのをそこで見ていたのだ。手を抜いているように見えたのだろうか。

そう思う気持ちがないわけではなかった。けれど、父も高弥にあえて厳しいことを言う。だから、元助のこの言動も何か理由《わけ》があってのことかもしれない。

このあやめ屋は利兵衛が薦めてくれた宿なのだ。こう汚れているのも、もしかすると繁盛しすぎて掃除に手が回らなくなったからだとか。

「へい、すぐに」

考えていても仕方がない。高弥は笑顔で桶を持って立ち上がり、もう一度水を取り替えてから客間に向かった。畳が汚れているばかりでなく、窓の桟《さん》にも埃が積もっている。高弥は客が来る前にと急いで客間を拭き清めた。

終わった頃には汗ばむほどで、高弥なりに仕上がりは満足だった。カラリと障子が開き、そこに糸目の平次が立っている。

「おお、見違《みちげ》えたな。お前、よくこんなことやろうと思うなぁ」

驚きと共に含まれるのは、感心だとかそういうものではなかった。呆《あき》れたような、そんな言い方に聞こえたのだ。高弥はよくわからないながらにうなずく。

「お客様をお迎えする大事な部屋でございやす。丹念に拭かせて頂きやした」

すると、平次は気の抜けたような笑顔を向けた。

「はは、お客様をなぁ」

「へい。あの、そろそろ呼び込みをする頃でございやす。おれも呼び込みを手伝いやしょうか」

高弥は真面目に言ったのだが、平次はさらに呆《あき》れた顔になる。

「お前が呼び込みなんざしてどうすんだ。お志津に任せときゃいいんだよ」

「じゃあ、次は何をしやしょう」

そう返すと、今度は少々言葉に詰まった様子だった。

「何って――」

「お客様をお迎えする前に、平次さんはいつも何をしているんでござんすか」

この時分に、つばくろ屋以外の旅籠《はたご》が何をしているのかなどといったことは知らない。だからそう訊《たず》ねてみたのだ。

けれど、その問いかけで平次の機嫌を損ねてしまったようだ。

「なんでもいいだろっ。旅籠《はたご》での仕事ってぇのは客が来てからじゃねぇか」

「はぁ」

小さな引っかかりはあれど、それをなんとなく横に押しやってしまうのは、ここが利兵衛の選んでくれた宿だと思うからだろうか。請状《うけじょう》を失くした莫迦《ばか》な己を、それでも受け入れてくれたという引け目もある。

そう難しいことではなく、深く考えない方がいいと高弥の心が察しただけのことであったのかもしれないけれど。

●

それから、高弥はこれをしろという仕事は割り振られず、自分から仕事を探した。表を掃《は》きたいけれど、街道は賑わっているので邪魔になる。せめて土間だけでもと掃《は》いて砂を掻《か》き出しておいた。

そんな間も、元助は帳場格子の中で座っていた。主《あるじ》であるていは台所で夕餉《ゆうげ》を拵《こしら》えている。つまり、働いているのだ。元助は――あれで働いているのだろうか。同じ番頭でも、つばくろ屋の藤助とは何かと違う男であった。

しかし、元助のことばかり気にしていても仕方がない。高弥は箒《ほうき》を片づけ、手を洗って客の来訪に備えた。政吉と平次はどこへ行ったものか姿が見えない。街道では志津だけが、慌ただしく行き交う旅人を引き留めては声をかけていた。

けれど、志津の呼び込みはあまりよいやり方だとは言えなかった。一人ずつ呼び止めては声をかけている。軽く勧めて、首を横に振られたら、はいそうでござんすかと次へ移る。

旅籠《はたご》の留女《とめおんな》といったら、名物になるほど強引な客引きをするものである。客の荷物を奪って自らの宿に放り込む、腕をつかんで引きずっていく、体当たりを食らわせて宿に押し込む。そこまでしなければ客が確保できぬほど、宿場町では旅《はた》籠《ご》がひしめき合っており、客は奪い合うものなのだ。

志津はその気迫が薄いように感じられた。

それでも、志津は器量がよいからか、声をかけられた男はまんざらでもなかったらしい。どうやら今宵《こよい》の宿をあやめ屋へ決めてくれたようだ。

高弥が来て、初めての客である。高弥は張りきって挨拶をした。

「ようこそあやめ屋にお越しくださいやした。ささ、お荷物をお預かり致しやす」

「おう、頼まぁ」

男は三十路《みそじ》くらいであろうか。振り分け荷物を投げるようにして高弥に寄越した。帳場から、元助がぎろりと高弥を睨《にら》んだ気がした。けれど、おかしなことはしていないつもりなので、気のせいかとあまり気にしなかった。

「おみ足を洗わせて頂きますね」

ていが土間続きの台所から洗い桶を持ってやってきた。客の足を洗って、それから板敷に上げる。高弥が丹精込めて磨いたから、今日の板敷は綺麗だ。やっぱり磨いておいてよかったと、高弥は胸を撫で下ろす。

客の男が記帳している時だけ、元助が番頭としての仕事をしているように見えた。

「元助さん、どのお部屋にご案内致しやしょう」

高弥がそう訊《たず》ねると、元助はぶっきら棒に答えた。

「一番奥だ」

「へい」

返事をしつつ、高弥は複雑な心持ちであった。客の前だというのに、言い方が荒っぽく愛想も何もない。これでは、客が気分を害するのではないだろうか。

幸い、この客は同じような男であったから、そこまで気にしていないふうであった。けれどこれが女子供であったなら、元助はどう見えただろう。怖がられたのではないだろうか。もう少し、客を迎え入れやすい雰囲気を作るべきだと思う。ていはそんな元助を咎《とが》めず、再び台所に戻った。

それから、最初の客は湯屋へ行った。先に旅の疲れを流してくるとのことだ。その男が戻ってくるまでの間、志津が捕まえられた客はいなかった。

一人しか客がいない。そんなことがあり得るのか。高弥は恐れおののいた。だというのに、志津はまるで気にしたふうではない。

「さて、それじゃあわたしも夕餉《ゆうげ》の支度を手伝ってくるわ」

などとのん気なことを言って街道から引き揚げてきた。それに対し、元助も何も言わない。すました顔で座っている。

「え、や、あの、もうちっと呼び込みをした方がいいんじゃ――」

思わずつぶやいた高弥に、志津はくすりと笑う。

「でも、女将《おかみ》さんだけに台所仕事をさせちゃ悪いでしょう」

「それはそうかもしれやせんが。じゃあ、おれが代わりに呼び込みをしやす」

このままではいけない。何かしないと、と高弥なりに思ったのだ。

けれど、志津は少しだけ顔を曇らせた。自分の仕事にケチをつけられたと感じたのだろうか。

そんなつもりはなかったのだけれど、そう受け取られてしまったのかもしれない。

「そう。頑張ってね」

志津はそれだけを言って台所へ行ってしまった。それを見ていた元助が軽く笑った。高弥の胸の辺りにざわりと隙間風が吹いた。

けれども、気を取り直して表に出た。

夕七つ（午後四時）の品川宿では、旅籠《はたご》に吸い込まれるようにして旅人の姿が減っている。しかし、そこには板橋宿との違いが確かにあった。

旅人は減っている。それでも、明らかに板橋宿よりも人が多いのだ。これは宿場自体の大きさの違いだけではない。菅笠《すげがさ》を被ってはいるが、旅装ではない人々がいる。笠《かさ》を被っているのならば品川宿の者でもないだろう。それならばどういうことなのだろうか。

釈然としないながらも、高弥は潮と土の匂いを胸いっぱいに吸い込む。そうして軽く吐き出すと、改めてその場で大声を張り上げた。

「さあさ、いらっしゃいませ。今宵《こよい》のお宿はどうぞこのあやめ屋にお越しくださ い。真心尽くしのおもてなしと美味《おい》しい料理をご用意しておりやす。どうぞこのあやめ屋にお越しください」

母の見様見真似だ。声が大きいだけで、母ほどに上手くはない。母は怒鳴っているふうでもないのに、喧騒の中で騒音に負けない声を軽やかに響かせるのだ。

それでも、大声に振り向き、足を止めてくれたらいいと思った。たった一人しか客がいないからといって手を抜くつもりはないけれど、ひと晩一人では宿が立ち行かなくなるのではないかと不安になる。

それとも今日が特別で、普段はこうではないのだろうか。どこにだって繁忙期があり、暇な時期との落差はあるのだから。

二階にいたらしく、平次が欄干《らんかん》から街道を見下ろしている。その顔が引きつっていたけれど、それでも高弥は続けた。

「いらっしゃいませ、いらっしゃいませ、今宵《こよい》のお宿はどうぞこのあやめ屋にっ」

すると、通りかかった菅笠《すげがさ》の侍が立ち止まった。どっしりとした厳《いか》つい侍で、どこか野暮ったさがある。侍は、高弥を見て顔をゆるめた。

「んだもしたん、おなごんごつむじょかよかちごじゃなぁ」

「へ――」

右の耳から左の耳へ抜け、侍の言葉は高弥の頭には少しも残らなかった。けれど、この国訛《くになま》りには聞き覚えがある。独特なこの喋りは、確か薩摩《さつま》弁だ。上方訛《かみがたなま》り以上に聞き取れず、意味すらまるでわからない。

なんと言われたのか、意味がわからぬから返事ができずにいた。高弥が固まっていると、薩摩藩士らしき侍はくつくつと笑った。

「じゃっどん、男なら足っちょっ」

それからも豪快に笑いながら街道を歩いていった。高弥はぽかんと口を開けて侍を見送った。そんな様子を見ていた平次が、侍と一緒になって笑っている声が二階から降る。

「平次さん、今のお武家様はなんて言われたんでしょう」

二階を見上げると、平次は腹を抱えていた。そうして、ひらひらと手を振って首を引っ込める。それにしても笑いすぎだ。

思わずムッとしたけれど、そんな高弥を御高祖頭巾《おこそずきん》の男が見ていた。客だと気を取り直して笑顔を作る。

「いらっしゃいませ、今宵《こよい》のお宿はどうぞこのあやめ屋にお越しください」

すると、男は頭巾《ずきん》の頭を軽く揺らした。うなずいたようだ。

「新しく入った奉公人か」

「へい、今日から上がったばかりで」

「お志津はおるか」

「へい、夕餉《ゆうげ》の支度をしておりやす」

それを聞くと、頭巾《ずきん》の男はまたうなずいてあやめ屋の暖簾《のれん》を潜《くぐ》った。その時、すれ違った男の衣の色がたいそう暗く見えた。それから、独特の匂いが僅《わず》かに漂った。

この男は志津の知り合いらしい。旅装ともとれない姿である。

高弥はそれからも声を張り上げて呼び込みを続けた。己でやってみて初めて、母が毎日行っていることがこんなにも大変であったのかと気づいた。

声を張り上げることが嫌なわけではない。それでも、見向きもされず、客が足を向けてくれない。この報われなさに心が沈むのだ。声を出すたび、虚《むな》しさが募る。もうやめようかと弱気になってしまう。

そんな時、老夫婦が高弥の声に立ち止まってくれた。

「おや、元気な声だね。もてなしと料理が自慢だって。それなら泊まってみようかねぇ。どう思います、おまえさん」

「うぅん、小さな旅籠《はたご》だなぁ。お前が泊まりてぇなら、まあいいけどよ」

杖《つえ》を手にした女房に亭主が苦笑する。足元を見れば、二人とも草鞋《わらじ》が汚れ、くたびれていた。それなりの道のりを歩いてきたようだ。

亭主の方も少しばかり腰が曲がっており、足腰が丈夫だった頃のようにはいかず、その道のりを歩くのにどれくらいの時がかかるのかを計れなかったのかもしれない。だから宿を取るにも遅い時刻になったのだろう。

それでも、二人で寄り添って旅をして、いい夫婦だと高弥には思えた。この夫婦をもてなせることを嬉しく思う。精一杯、疲れが癒えるように尽くしたい。

高弥は二人に、にこりと笑いかける。

「ようこそ、あやめ屋へ――」


二人を中へ誘《いざな》うと、帳場の前にあの御高祖頭巾《おこそずきん》の男がいた。元助と話をしていたけれど、後ろから新たな客が来たので、そそくさと客間へ行ってしまった。手ぶらの政吉が案内する。

あの客に手荷物はなかったのだ。奇妙な客だと高弥は思ったけれど、今は自分が引き入れたこの老夫婦を部屋へ通さねばと気を取り直した。

ていと志津が洗い桶を持ってきて二人の足を洗う。高弥は亭主から荷物を、女房から杖《つえ》を預かった。二人は最初の客の向かいの部屋に通せと言われた。

「夕餉《ゆうげ》の支度が整うまでお待ちください。それとも湯屋に行かれやすか」

高弥がにこやかに訊《たず》ねると、老夫婦は顔を見合わせてからかぶりを振った。

「もうすぐお江戸に着くから、湯屋は明日にしておくよ。今日はゆっくり休みたいね」

女房が優しく答えてくれた。やはり、相当に疲れているようだ。亭主もトントン、と腰を軽く叩いている。高弥が目を向けると、亭主は照れ臭そうに言った。

「湯治に行ってきたのよぅ。これでも少しは楽になった方でぇ」

「そうそう、箱根七湯廻《はこねしちとうめぐ》り。今生《こんじょう》にいい思い出ができましたねぇ」

「ばっきゃろ。長生きするために行ってきたんじゃねぇか。何が今生《こんじょう》の思い出だ」

「はいはい、そうでしたね」

フフ、と女房が笑う。高弥も自然と笑っていた。いい旅をしてきた二人だ。このまま いい気分で帰ってもらいたい。

「では、支度が整いましたらお報せさせて頂きやす。それまでどうかごゆるりと」

三つ指突いて丁寧に頭を下げた。

「ええ、ありがとうね」

老夫婦はそんな高弥を穏やかに見送ってくれた。

この辺りの旅籠《はたご》では、食事は用意された膳を客が部屋からやってきて食べるものである。つばくろ屋では上方《かみがた》風に各部屋へ配膳していたけれど、このあやめ屋は部屋への配膳をしない口であろう。各々のやり方があるから、それが合っているのならば構わないと思う。

今日、高弥が食べた昼餉《ひるげ》は質素なものであった。もう腹が空いている。あまり足しにはならなかったけれど、皆が同じだけの量しか食べていないのだから何も言えない。

客に出す膳はどのようなものだろうか。高弥はあれこれと考える。

この時季は豆類が旬で美味《うま》い。茗荷《みょうが》や瓜《うり》なども手に入りやすい。茄子《なす》と牛蒡《ごぼう》も出回っているだろう。この時季にしかない味がある。それをていや志津がどう料理するのか、高弥なりに楽しみであった。

父が作るつばくろ屋の味ほどではないにしろ、客に出す以上はそれなりのものを作れるはずだ。高弥が学べることもきっとあるだろう。

そうして、出来上がってきた夕餉《ゆうげ》の膳を志津は空いているひと間に運び込んだ。

ここが客で埋まっていたら台所を使うのかもしれないけれど、生憎《あいにく》と空いている。膳の数は三膳。はて、と高弥は小首をかしげた。客は最初の一人と、御高祖頭《おこそず》巾《きん》の男、夫婦の四人である。櫃《ひつ》を抱えた志津は、そんな高弥にぼそりと言った。

「おひと方はここで食事はなさらないの。お泊まりになるだけよ」

それはきっと、あの御高祖頭巾《おこそずきん》の男だろう。謎めいたあの男は一体何者なのか。志津の馴染《なじ》みのようであったけれど。

「あの頭巾《ずきん》のお客様ですかい」

なんとなく言うと、志津はそうよ、と消え入りそうな声で答えた。その様子から、志津はもしかするとあの客が苦手なのではないかと思えた。事情を知らない高弥には何も言えないけれど、かといってないがしろにしていいわけもない。一人の客としてもてなさなくてはならぬと思う。

しかし、それにしても料理の膳は彩りに欠けていて、全体が黒っぽく見えた。色が黒くないのは添えられた漬物くらいだろうか。

焼き物の魚は鰯《いわし》のようだけれど、焼きめが強すぎる。あれでは脂が落ちてしまって硬く、味気ないのではないだろうか。それから、焼き豆腐の吸《すい》したじ（吸い物）

は妙に黒い。椀の色は朱だからこそ、それがよくわかる。

酢蛸《すだこ》に色味を求めても仕方がないけれど、ほんの少し緑のものを添えるだけでぐっと引き立つのに、ぶつ切りの蛸《たこ》が素っ気なく並んでいるのが勿体《もったい》ない。

それから、汁物に豆腐を入れているのにさらに一品が豆腐田楽《でんがく》なのもどうなのだろう。材料が被らないように献立を決めた方がよかったのではないか。

高弥はその膳の色々なことが気になって仕方がなかった。

これで――いいのだろうか。不安に押しつぶされそうだった。今日一番の苦しさだった。

そんな高弥の心など知らず、政吉と平次が客を連れてきたのだった。高弥はへたり込むようにして部屋の片隅に座した。

「ああ、腹が減ったぜ」

などと言いながら男が膳の前に座った。老夫婦もまた、その男に向かい合う形で座る。志津は櫃《ひつ》から飯をよそってそれぞれの膳へ並べていく。ただ、昼餉《ひるげ》に食べた時は茶粥《ちゃがゆ》だったせいで気づかなかったけれど、ああして茶碗に盛られると、焦げが目立つ。

　高弥はもう、口をあんぐりと開けてしまった。美味《おい》しそうには見えなかった。
それでも、祈るような気持ちで客が箸をつけるところを見守っていた。ていが
男と老夫婦の亭主の猪口《ちょこ》に酒を注ぐ。
　その酒をくい、と飲み干した男が、酢蛸《すだこ》を口に含んですぐに――むせた。ごほ、
ごほ、と気の毒なくらいに。ていがその背をとっさに摩《さす》る。
「あらあら、どうなさいました」
　男はむせすぎて涙を滲《にじ》ませていた。あれでは喋ることもできない。それでも、
高弥にはなんとなくわかってしまった。あの酢蛸《すだこ》が思った以上に酸《す》いのだと。
　そして、吸《すい》したじを口に含んだ亭主は、目を白黒させた。女房は、焼きすぎて
硬くなった鰯《いわし》の身が箸で解《ほぐ》れずに苦戦している。
　酢蛸《すだこ》にはもう箸をつけようとしなかった男は、漬物で飯を食い、それから、串
に刺さった田楽《でんがく》をひと口頬張ると、なんとも複雑な面持《おもも》ちになり、田楽《でんがく》の味噌を
皿の縁《へり》に擦《こす》りつけて落としてから食べた。酒だけをよく飲み、膳は半分以上が残っ
た状態で、席を立つ。
　腹が減ったと言っていたのに、箸がまるで進まなかった。あんなにも料理が残

されてしまっても、ていと志津は平然としている。それがまた高弥には不可解であった。

丹精込めて作った料理が食われずに残されてしまったら、高弥は落胆する。自分の未熟な腕が材料を無駄にしてしまった苦しさが押し寄せるのだ。食事という仕合《しあわ》せな時を楽しんでもらえなかったのも、己の至らなさ故かと。

ごほ、と老夫婦の亭主のむせる音がした。女房の方も顔色が悪くなったように感じられる。ああした年代の人は、飢饉《ききん》を知っている。天保の頃、高弥が生まれるよりも前にあったという飢饉《ききん》だ。食うもののない苦しみを知っているから、食べ物は大事にし、決して残してはいけないと、胸に刻んでいるのだ。高弥の父と母もそれを常に言い続ける。

美味《おい》しくないからといって残せない。けれど、その膳を平らげることがすでに拷問のように見えた。

高弥は畳の上で思わず涙ぐんでいた。どんな料理が出るのかもわからぬままに、美味《おい》しい料理だなどと言って呼び込んでしまった。これでは見世物小屋くらいに嘘つきだ。

いい旅をしてきた夫婦に、最高の締めくくりをしてほしかったのに——

しかし、これで終わりではなかった。なりゆきは悪い方へと続いていた。ガチャガチャと騒がしい音を立てながら、政吉が男の食べ残した膳を下げ出したのだ。まだ正面で食べ続けている客がいるというのに。当然、老夫婦は急《せ》かされているような気になっただろう。それでも、早くは食えない。

そうしたら、政吉は苛立《いらだ》たしげに、下げかけの膳の縁を指でとんとんと叩き始めた。まとめて片づけたいのに、いつまで食っているんだと、指先が語っている。

客に対してそれほどの無作法を平気ですることにも本当に驚いたけれど、それをていが窘《たしな》めないことが驚愕《きょうがく》以外の何物でもなかった。高弥がつばくろ屋であんなことをしたなら、お前は何様だと父に張り倒されるはずだ。

老夫婦に申し訳なくて、高弥は思わず政吉の袖を引くと、

「政吉さん、それじゃあお客様がゆっくりお食事できやせん」

こそっとささやいた。そうしたら、途端に政吉は舌打ちをした。唖然《あぜん》とする高弥の手を振りきり、政吉は膳をひとつだけ持って下げた。気づけばいつの間にか志津はその場にいなかった。

ていは気まずさを感じてはいたらしく、畳の目を数えているように見えた。美《お》味《い》しくない料理と心無い客あしらいがこのあやめ屋なのかと、落胆が高弥の胸に突き刺さった。

利兵衛が薦めてくれた宿だけれど、利兵衛もこの宿のことをよく知らなかったのではないだろうか。そうとしか思えない。

やっとの思いで食べ終わって部屋に戻った老夫婦のもとを、高弥は訪れずにはいられなかった。部屋に入った途端、手を突いて謝った。

「すいやせんっ、料理はご満足頂けなかった上、もてなしどころかあんな仕打ちを――。せっかくこの宿を選んで頂けたのに、嫌な思いをさせてしまってすいやせん」

情けなかった。旅籠《はたご》としてこの地にある以上、誇りを持って商いを行ってほしい。その気持ちがあやめ屋の皆にないことが、高弥には情けなく感じられた。

そうして、それを知りもせずに客を呼び込んだ己自身にもまた腹が立つ。こんなことならば、他の宿を選んでもらった方が、いい旅の終わりにケチがつくこともなかったのだから。

謝って済むのかどうかわからない。それでも、謝らなければと思った。それもまた自己満足であったのかもしれないけれど。

「まあ、味の好みはそれぞれだから、自分たちに合わない時もありますよ」

高弥を気遣うように、女房が優しく言ってくれた。

「ま、お前さんの気持ちは受け取ったからな。そう嫌な思いもしちゃいねぇよ」

亭主もまた、カカ、と軽く笑ってくれた。

そんな優しい人たちであったからこそ、余計に高弥の気持ちは行き場を失う。もてなすはずのこちらが気遣われた。これでは、どちらが客だかわからない。

それでも、高弥は謝ることしかできなかった。そうして部屋を出ると、平次がいた。各部屋に夜具の搔巻《かいまき》（夜着《よぎ》）を用意して回っているようだ。

もうこれ以上の粗相がないといい。ハラハラしながら見守っていると、それがまた鬱陶《うっとう》しかったらしい。

「することがねぇならぼさっとしてねぇで、台所へ行って手伝ってこいよ。これからおいらたちの夕餉《ゆうげ》なんだからな」

「――へい」

返事をした高弥は、一日目にして反抗心が沸々と湧いてくるのを抑えるのに精一杯だった。愛想がなくなった高弥を、平次はさほど気にする様子もなく背中を向けた。

高弥が台所へ向かう途中、元助が帳場にいた。これといってすることもなさそうだけれど、とりあえずは座っている。軽く頭を下げてその前を通り過ぎた。

そして台所へ行くと、ていと志津とが奉公人たちの箱膳を並べ、その上に客に出した余りらしき菜を配っていた。

高弥ははぁ、と小さくため息をつくと言った。

「あの、お志津さんは誰に料理を習ったんで」

その言葉に、志津は小首をかしげた。

「誰って、わたしはここに来るまで料理なんてしたこともなかったの。だから女将《おかみ》さんね」

高弥は首をていに向けた。

「女将《おかみ》さんは誰に習ったんでしょう」

ていは吸《すい》したじの椀を配りつつ、ぴたりと手を止めた。

「習うって、そうだねぇ。お志津の前に雇っていた女中のお文《ふみ》さんが料理するのを見て覚えたってところかねぇ。そのお文さんももう年でしんどいって暇乞《いとまご》いをするから、それからあたしが作るようになったのさ」

「そ、そうでござんしたか」

昔は今よりはもう少しましな料理が出ていたのだろう。しかし、ていはそれを再現することができなかったのだ。

高弥はそれ以上なんと返していいかわからず、代わりに手を動かした。きびきびと皿を並べる。飯と汁の他には漬物と酢蛸《すだこ》、豆腐田楽《でんがく》が添えられているだけである。鰯《いわし》はつかなかった。

焦げのある飯が志津によってよそわれ、皆が台所で食事を始めた。ていと元助が箸をつけるのを待って、それから皆が食べ始める。

そこで高弥は改めて、ていと志津の料理を食したのだった。酢蛸《すだこ》が酸《す》いのは客の反応を見てわかっていた。だから心して口に入れた。そこではっきりとわかった。酸《す》いわけだ。酢の味しかしない。甘みも、引き立ての塩味もない。酢に浸した蛸《たこ》である。

次に、吸《すい》したじ。醤油《しょうゆ》を飲んでいる、そう言ってしまっても差し支えがない。焼き豆腐を引き上げてみても醤油《しょうゆ》色に染まっていて、塩辛さが染みていた。

それから、豆腐田楽《でんがく》をひと口頬張った時、あまりの味の濃さに舌が痺《しび》れた。この黒い田楽《でんがく》味噌には一体何が入っているのだろう。江戸の甘味噌のはずが甘みを感じない。

色々な意味で世の中は広いと高弥は思った。板橋と品川。同じく江戸四宿に数えられる宿場町だというのに、少し離れただけでこんなにも違う。高弥がつばくろ屋で身につけてきた何もかもが、このあやめ屋では通用しないのだ。

そして、この異常に塩辛い料理を、皆が平然と食べていることがまた衝撃であった。慣れというものは恐ろしい。高弥も今にこの飯を美味《うま》いと感じる時が来るのだろうか。

しかし、こう塩辛いものばかりでは体を壊す。味の濃いものは食べすぎてはいけないと聞いた。

これではいけない。そう考えながら、高弥は夕餉《ゆうげ》の膳を食べきった。

高弥も食べ物を粗末にしないよう教え込まれた身である。塩辛さが苦しいけれど、それでも食った。

あやめ屋の料理をなんとかしなければ――

それが最優先だと感じた。


使った茶碗や箸は各々が箱膳に片づける。箱膳は蓋をひっくり返せば台のようになり、中に食器を収納できる便利な代物である。高弥が使わせてもらっている箱膳と食器は、今はいない奉公人の分なのだろうか。

「おれ、後片づけを手伝いやす」

夕餉《ゆうげ》を終えた時、高弥は台所でそう言った。きっと、後片づけは志津の役目であったのだろう。目を瞬《またた》かせて高弥を見た。

「え、いいのよ。わたしがやるから」

あまり嬉しそうに見えない。仕事を横取りされるような気分なのだろうか。

余計な世話になってしまったのかもしれない。高弥が引き下がろうとした時、台所の入り口で元助が小さく笑って言った。

「こいつに任せて、お志津は旦那に酌《しゃく》でもしてくりゃあいいだろう」

その途端、志津はギクリと顔を強張《こわば》らせた。そんな志津に、皆はあまり目を向けないように台所から出ていく。

少しうつむき、志津は嘆息した。

「あい。わかりました」

答えた声はあっさりとしたものであった。けれど、途端に志津は生身の娘から人形になったように感じられた。横顔から心が読めない。

旦那というのは、あの御高祖頭巾《おこそずきん》の男のことだろう。

志津は言われるがままに酒の用意を始めた。冷や酒だから用意などすぐである。酒を入れた徳利《とっくり》と猪口《ちょこ》を盆に載せて持った。

「お志津さん、あの――」

何を言おうと思ったのかもわからない。ただ落ち着かなくて口を開いた高弥に、志津は振り返って一度微笑む。

「後片づけ、お願いね」

「へ、へい」

ぽつりと台所に取り残された。高弥は鍋を藁縄《わらなわ》で洗い、噴きこぼれで汚なくなっていた竈《かまど》を拭いた。台所の道具も綺麗とは言い難い。まな板も黒ずんで見えて、高弥は必死でまな板をこすった。

道具がすべてではないけれど、美味《おい》しい料理を作るには道具にも愛着があった方がいい。綺麗な道具で作れば、綺麗な仕事ができる。だから道具は大事にしろと父が口を酸《す》っぱくして言った。

あやめ屋の料理は根底から変えていかなくてはならない。変えるにしても、どこから手をつけていいのかもわからないほどひどい。

高弥はひとつため息をついた。

あやめ屋にいると、つばくろ屋での教えの大切さが身に染みた。たった一日でだ。何かにつけて比べてしまう。今のところ、あやめ屋の、この宿なりのよいところを何も見出せていない。そんなものがあるのかどうかすら疑わしい。

高弥は、日が落ちて薄暗くなった台所で再びため息をついた。

それから、いい加減に寝ないと明日の朝、起きられないと思い、台所を出た。するると、障子を開けてすぐの板敷の上に志津がいた。高弥と鉢合わせしたことでかなり驚いたらしく、危うく声を上げそうになっていた。口元を押さえてそれを押しとどめる。

「あ、すいやせん」

高弥は客たちを起こさぬよう、小さな声で謝った。急に障子が開いたから志津も驚いたのだ。まさか高弥がこんな夜分まで薄暗い台所にいるとは思わなかったのだろう。

志津はゆるくかぶりを振ると、何も言わず、顔を背《そむ》けて梯子段《はしごだん》を上がっていった。暗くて、その時志津がどんな面持《おもも》ちでいたのかはよくわからなかったけれど、少し元気がないような気がした。

その後、高弥も静かに梯子段《はしごだん》を上がった。

そうして、奉公人の部屋の障子をそっと開ける。自身が通れるほどの幅を広げると、体を滑らせて中に入った。皆、柏餅《かしわもち》のように搔巻《かいまき》にくるまって眠っていた。仕事を終え、眠っている。元助などは座っているだけで疲れたのかと問いたくなる。

敷布団はなかったが、高弥の搔巻《かいまき》も用意してくれてあり、高弥はそれにくるまって眠った。

こうして初日から、高弥は曇り空のような不安を抱えたのであった。

2

あやめ屋に来て二日目の朝、高弥はカタリという物音で目を覚ました。誰かが梯子段《はしごだん》を下りていく。

まだ薄暗さの残る早暁《そうぎょう》、一番早く起きたのは誰であろうか。高弥は掻巻《かいまき》から抜け出た。

平次の歯ぎしりが聞こえ、政吉の筋張った脛《すね》が見える。元助もいるようだ。男部屋は皆眠っている。それならば、志津だろうか。

昨日の様子が少し気がかりであった。高弥は眠たい目を擦《こす》って掻巻《かいまき》を畳んで丸め、部屋の隅に押しやった。そうして、音を立てぬように部屋を出た。

まだ客も眠っている時刻なのだ。起こさぬようにしなければならない。

まず、高弥は顔を洗うために下駄を引っかけて裏手の井戸へ向かった。志津もそこにいるだろう。

そう思ったけれど、井戸の脇にいたのは志津ではなく、ていであった。暗くても、似たところのない二人を間違えることはない。

ていは偉ぶったところがなく、奉公人と同じ立場で働いているように見えた。率先して一番に起き出して働く。

それを謙虚と見るべきなのだろうか。ていと同じように旅籠《はたご》の主《あるじ》である高弥の父も、朝早くから夜遅くまでよく働く。けれど、それとは何かが違う。何が違うのかはわからないけれど、違うと感じた。その理由《わけ》にはっきりとした答えが得られないから、高弥は朝から気が重くなった。

しかし、朝早くから働くていを、少なくとも高弥は敬わねばならないだろう。

「おはようございやす、女将《おかみ》さん」

頭を下げた。はっきりと姿が照らし出されることのない、彼《か》は誰時《たれどき》。声でていも高弥と知ったようだ。

「おはよう。床《とこ》に就いたのは遅かったのに、早いんだね」

それはえらく控えめな声であった。高弥の周りにいた女たちは、どちらかといえば姦《かしま》しい。母も福久も、よく笑い、よく喋った。だからていの物静かさは高弥にとって落ち着かないものである。

「へい、目が覚めちまいやして」

そう苦笑すると、ていはまたぼそりと言った。

「無理はしなくていいんだよ」

「へ――」

「帰るところがあるんだからさ、帰ってもいいんだよ」

それは、高弥があやめ屋のもてなしを不服に思ったことに気づいての言葉だったのだろうか。無理をしてあやめ屋に合わさなくていい、嫌なら出ていけと言うのか。

「まだ、昨日の今日でござんすから――」

初日で修業を終えるのでは、何をしに来たのかもわからない。もう少し様子を見つつ、できることをしていきたいと思う。

「そうかい。ありがとうね」

言い淀《よど》む高弥の横をすり抜け、ていは宿へ戻った。その時、最後に何かまたつぶやいていたけれど、それはあまりに儚《はかな》く、吐息ほどの音にもならずに消えた。

高弥はそれから顔を洗い、気を引き締めた。

今、自分がやるべきことを考えよう、と。


まず、宿の前を掃《は》き、打ち水をして砂埃を抑えておいた。これはつばくろ屋でも高弥の仕事であった。一日に何度も行う。

それから土間を掃《は》き、板敷を拭いていると、志津が梯子段《はしごだん》を下りてきた。

「おはようございやす」

精一杯、愛想よく挨拶をする。志津はそんな高弥にほんのりと笑った。

「もう起きたの。高弥さんってよく働くわねぇ」

高弥が特別なのではない。この宿が皆、のんびりなだけだと思う。けれど、そんなことは言えない。

ただ、昨晩の志津の様子が少し気になっていたから、朝になって笑顔も見えてほっとした。

しょうか」

「いえ――ところで、お志津さん。今日、お客様にお出しする朝餉《あさげ》の品はなんで
すると、お志津は小首をかしげた。

「朝餉《あさげ》は握り飯よ。梅干しの。それをお渡しするのよ」

朝餉《あさげ》をここで出さず、弁当として手渡すのだ。そういうところもあるとは聞く。

つばくろ屋ではあらかじめ注文があればそうした要望にも応《こた》えていたけれど、基本は朝餉《あさげ》も膳で出していた。

朝から美味《おい》しいものを食べて宿を発《た》ってほしいという心尽くしの膳である。

ただ、あやめ屋の料理人であるていと志津の腕ならば、握り飯の方が無難かもしれない。残念だけれど、握り飯ならば食べられないこともないだろう。

高弥はなんとかして台所仕事をさせてもらえないか頼んでみようと思った。

ていと志津が飯を炊き、握り飯を作る間、高弥は丁寧に掃除をした。元助、政吉、平次が起き出してきたのはそれから小半時（約三十分）も経った頃であった。

客が起きるであろう少し前である。

気持ちよく宿を発《た》ってもらうための下準備を整えなければならないという考え

そのものが、皆にはなかったのかもしれない。高弥の中で苛立《いらだ》ちが形になって暴れまわるようであった。それを深く息を吸って落ち着け、そうして梯子段《はしごだん》の下から口を開く。

「おはようございやす」

しかし、三人とも挨拶を返してくれることはなかった。あくびをしながら高弥の前を通り過ぎ、裏手の井戸へ行った。新入りが早く起きて雑務をこなしておくことなど当たり前なのだろうか。

それとも、頼まれもしないことを高弥が勝手にやっているにすぎないのか。

高弥は自分の胸をトン、と強めに叩いて心を静めた。

「お江戸まであと少しでござんすが、お気をつけて」

高弥は老夫婦に深々と頭を下げる。独り者の男は弁当の握り飯を受け取ると、さっさと銭《ぜに》を払って去った。ただ、その銭《ぜに》を払うのも惜しく感じられたことだろう。宿の相場に相応《ふさわ》しいもてなしではないと、不服そうな顔を見ればその心中が窺《うかが》えた。

「ああ、お前さんも奉公は大変《てぇへん》だろうが、精々《せいぜい》気張れよ」

「へい。ありがとうございやす」

いつもならば、またのお越しをお待ち申し上げておりやす、と言って見送る。けれど、今のあやめ屋にまた、とは言えない。それを口にすることもおこがましい。

「じゃあ、ありがとうね」

女房も杖《つえ》を突き、腰の悪い亭主を支えて寄り添いながら騒がしい街道を行った。二人の背を見送り、高弥はもう一度深く頭《こうべ》を垂れた。

その脇を、御高祖頭巾《おこそずきん》の男が横切り、志津が送り出す。

「お気をつけてお戻りくださいませ」

「うむ」

この男、年はいくつであるのか、それもよくわからない。今朝もまたしっかりと頭巾《ずきん》を被っている。ただ、その目だけが糸を引くように志津を見ていた。

不審に思いつつも、高弥も志津に倣《なら》って頭を下げた。男は背を向け、歩き出す。江戸の方にだ。

あの男は旅装ではない。黒に近い色合いの衣に紫の御高祖頭巾《おこそずきん》。どこか近隣から来たのだろう。志津の知り合いであることだけしかわからないけれど、妙な客だ。ふと、高弥は横の志津を見遣った。すると、志津は歯を食いしばり、去った男を睨《にら》みつけていた。それは年若い娘には似つかわしくない険しい面《つら》であった。知り合いであっても、よほど苦手――いいや、疎《うと》ましいのだろう。泊まりに来てくれた客だというのに、そこには感謝の念もない。一体、どういう事情があるのだろうか。

客を見送り、そうしてあやめ屋の奉公人たちも朝餉《あさげ》である。朝餉《あさげ》は炊き立ての白飯と昨日の残りらしき豆腐が浮いた味噌汁、沢庵漬《たくあんづ》けであった。

皆、黙々と飯を食う。炊き立てであるからか、昨日よりは食べやすかった。もしくは、今日の飯は上手く炊けたのかもしれない。毎日同じように炊くことができればいいのだけれど、それが難しいらしい。

沢庵《たくあん》はここで漬けたのではなく買い求めたもののようだ。しかし、保存状態がよくないからか、塩辛いばかりでなく、酸《す》い。

　――ちなみにこの沢庵《たくあん》という漬物の発祥の地は、ここ品川である。生干《なまぼ》し大根を塩と糠《ぬか》で漬ける方法を、沢庵宗彭《たくあんそうほう》という禅僧が考案した。そして沢庵和尚の死後、その名が広まったと言われている。流罪になったりと波乱万丈な生涯を送った沢庵和尚の、まるで漬物石のような墓は、今もこの品川にある。

　朝餉《あさげ》を平らげると、元助が政吉に言った。

「こいつを買い出しに走らせられるように、贔屓《ひいき》の店を教えておけよ」

「買い出しならあっしが行きやすっ」

　政吉が不服そうに口を尖らせる。買い出しがそんなにも好きなのか。買い出しに行くと、しばらく宿から離れてブラブラ歩けるから気楽なのかもしれない。

　それを見通してのことなのかどうか、元助はにやりと笑った。

「教えておけ。じゃあな、俺は湯屋で朝風呂浴びてくらぁ」

　と言って立ち上がる。高弥も昨日は湯屋に行けなかったから、今日は湯を浴びたかった。湯屋の場所も出かけついでに聞いておこう。

「政吉さん、頼みやす」

　高弥が丁寧に言うと、政吉は渋々といった具合に嘆息した。やはり買い出しの役目は譲りたくなさそうだ。

それでも、教えてもらうだけでいい。

高弥と政吉が出かける時、志津も朝風呂へ行くと言って糠袋《ぬかぶくろ》を持って出かけた。政吉は岡持桶《おかもちおけ》を持っている。買ったものを入れるためのものだ。

湯屋に向かう志津の背を見送り、政吉と共に湯屋とは逆向きに歩き出した時、高弥はなんとなく訊《たず》ねてみる。

「あの頭巾《ずきん》のお客様は馴染《なじ》みのお客様なんでしょうか」

朝のうちに旅人を送り出した宿場町の様子は、板橋宿とそう変わりなく思えた。けれど海が見えると、やはりここは違うと落ち着かなくなる。

政吉は嫌な笑いを顔に張りつけ、道幅いっぱいに通り抜ける人々を避けつつ答える。

「ああ、お志津がいなけりゃわざわざうちに来ねぇだろうよ」

やはりあの客は志津に会いに来ているようだ。政吉は法禅寺《ほうぜんじ》の門前を通る時、クク、と下卑《げび》た笑い声を立てた。

「わざわざ芝から来てんだぜ。お盛んなこった」

芝――

高弥も品川宿へ来る時に通ってきた。時刻を伝える時の鐘がある芝切通し、増《ぞう》上寺《じょうじ》の辺りだ。時の鐘の音は上野《うえの》寛永寺《かんえいじ》から始まり、市ヶ谷八幡《いちがやはちまん》、赤坂田町成満《あかさかたまちじょうまん》寺《じ》、そして芝切通しへと、南に向けて順に続くのである。

「芝から――」

すると、政吉は訳知り顔で続けた。

「そりゃ、近場で顔を見られちゃまずいだろうからな。それで品川まで来んのさ」

「へ――」

きょとんとした高弥に政吉は小莫迦《こばか》にした目を向ける。

「あんな怪しい頭巾《ずきん》被って、いかにもじゃねぇか」

「い、いかにもですかい」

「ああ、言うだろ。『品川の客はにんべんあるとなし』ってな」

ハハッと笑っている。高弥は笑えなかった。

「そいつはどういう意味で」

真面目くさって訊《たず》ねた高弥に、政吉はさらりと告げる。

「あぁん、本気でわかんねぇのか。にんべんがあんのは侍。あの頭巾《ずきん》は、にんべんナシの方だ」

人偏があるのは侍。では、侍から人偏を取ると、残るのは――寺。

つまり、寺の僧侶ということだ。

「そ、それがお志津さんのところに通うってぇのは――」

高弥は自分の顔色がサッと変わったのを感じた。宿場の旅籠《はたご》の収入源は、飯盛《めしもり》女《おんな》の働きによるところが大きい。俗にいう飯盛旅籠《めしもりはたご》、売春宿である。

女犯《にょぼん》を禁忌《きんき》とする僧侶が女を買いにここまで来たというのだ。

――品川宿の客の多くは、宿場からほど近い三田、高輪《たかなわ》に藩邸や抱え屋敷を持つ薩摩藩士、僧侶もいたという。その様を揶揄《やゆ》した川柳がそれを物語る。

「橋向こうまで杉戸《すぎと》（安女郎）でも買いに行きゃあいいのにな、やたらとお志津にこだわりやがる」

「そ、そんな。あやめ屋は平旅籠《ひらはたご》じゃあなかったんですかっ」

ていは志津に体を売らせているというのだろうか。あの気弱で大人しいていていがだ。

動揺を隠せない高弥に、政吉は面倒くさそうに言った。

「ま、今のところお志津はなんとかあしらってるみてぇだけどな、あんまり怒らして泊まりに来なくなったらどうすんだろうな。ただでさえ少ねぇ客がまた減るぜ」

志津のあの忌々《いまいま》しげな目を、高弥は思い出した。キリリと胃の腑《ふ》が縮む。

「狙われてるのをわかっていて相手させていいるんですかいっ。それじゃあお志津さんが気の毒じゃ――」

そんなことをつぶやいた高弥だったけれど、政吉にとっては高弥の言い分こそ筋が通っていなかったのかもしれない。

「お志津はよ、作る飯は不味《まず》いし、繕い物だってそう上手くねぇ。それくらい仕方ねぇだろ」

旅籠《はたご》に年季奉公に来ているのなら、嫌な客の相手も断れない。あれも仕事と割りきって耐えているのか。

「なんだお前、お志津が気に入ったのか」

しょんぼりとした高弥を、政吉はからかうつもりで言っただけかもしれない。けれど、志津の痛みをわかってやろうともしない政吉に腹が立つ。

「そういうんじゃありやせん」

ムッとしてしまった高弥と政吉の間に険悪なものが流れる。

ただ、それも目抜き通りの騒がしさが吹き飛ばしてくれた。

品川宿は人も多く、この地だけで暮らしていけるひと通りの店があった。当たり前のように食べ物を扱う店は多い。

海が近いこともあり、板橋宿よりも魚が新しく美味《うま》いのは間違いない。高弥は密《ひそ》かにそれを楽しみにしていた。

けれど、目抜き通りで政吉は魚屋を軽く通り過ぎてしまった。

「政吉さん、魚屋はいいんですかい」

高弥が名残惜しそうに振り返っても、政吉はあっさりとしていた。

「魚は棒手振《ぼてふり》が売りに来るから、わざわざここで買わねぇよ。仕入れるのは青物《あおもの》だ」

「ああ――」

それでも、まだ生きがよく跳ねているような魚を料理してみたいものだと高弥は思った。もちろん、野菜も料理には欠かせないから、青物屋《あおものや》も気になる。ここは素直に従った。自分が台所に立つわけではないのに、これも料理人の端くれとしての性《さが》だろう。

そこで政吉は高弥に何かを言いかけた。けれど、言いかけてやめた。言いにくいのか、大したことではないからやめたのか、それはよくわからない。

高弥はそんな政吉の素振りも、店先に並ぶ野菜を目にしたらすっかり忘れてしまった。

そら豆、えんどう豆、瓜《うり》、茄子《なす》、明日葉《あしたば》、アサツキ、つる菜、山葵《わさび》――青物屋《あおものや》の店先に並んだ瑞々《みずみず》しい野菜に、高弥はただただ見入っていた。鮮度がよいのは当然としても、笊《ざる》や半切桶《はんぎりおけ》に盛られた品々の並べ方の見事なこと。葉物も丁寧にそろえて藁《わら》で束ねられ、床几《しょうぎ》の上に綺麗に陳列されていた。泥のすべてを落とすわけではなく、そこそこに土がついているのがまた新しさの証である。

野菜に対する心構えがその店先に表れていた。雑多な通りの中でも行き届いた気配りが感じられる。

「おはようございやすっ」

政吉が店の軒下《のきした》で挨拶をした。あやめ屋にいる時よりもよほど愛想がいい。

「おお、政きっつぁんと——そっちはツレかい」

野太い声がした。高弥は店に並んだ野菜をどう料理するかで頭がいっぱいだった。自分が料理できないとわかっていても、それでも考えずにはいられない。

しかし、ここの野菜を使って、ていたちは素材の味が台無しになるほどの品に変えてしまうのだ。こんなにいい野菜を使っているとは知らなかった。ますます勿体《もったい》ない。

野菜ばかりに目が行っていた高弥は、声をかけられていることにようやく気づいてハッとした。顔を上げると、尻《しり》っ端《ぱし》折《ょ》りをした四十絡みの親父がぎょろりとした目で高弥を見ていた。

怖くはない。興味津々といった様子で、愛嬌のある顔だった。大柄ではあるものの、人が好《よ》さげに見える。

「あ、すいやせん。どれも美味《うま》そうだなって」

照れて頭を搔《か》く高弥に、男は豪快な声で笑った。体にその笑い声がビリビリと響く。

「そりゃあお目が高いこって。お前さん、あやめ屋の新入りなんだってな」

「へい。板橋宿から来やした、高弥と申しやす」

ぺこりと頭を下げると、男は高弥の頭上から板橋なぁとつぶやいた。

「そうか、おれはこの『八百晋《やおしん》』の晋八《しんぱち》だ。うちの野菜はおれがヤッチャ場（青物市《あおものいち》）で仕入れてきた選り抜きだかんな。間違いねぇぞ」

「そら豆、莢《さや》からつやつやしていて美味《うま》そうで。このまま茹《ゆ》でて和え物にしても、飯と炊いてもいいなって」

「おお、よくわかってるじゃねぇか」

晋八は嬉しそうに目元を綻ばせた。高弥も、そら豆がほっこりと美味《おい》しく茹《ゆ》で上がった様を思い浮かべてほのぼのとした。

そんな間も、政吉は店の中を覗き込んでいた。目当ての野菜がなかったのだろうか。そうして、ぼそりと言った。

「あの、お由宇《ゆう》ちゃんは――」

「ん、お由宇は届け物《もん》をしに行ったんだが、まあそのうちに戻るだろ」

政吉が目に見えて落胆したように思えた。その由宇とやらに会いたかったのだろうか。

「政吉さん、お由宇さんってぇのは誰ですかい」

訊《たず》ねてみると、政吉は嫌な顔をした。何故そんな顔をされるのかもよくわからない。

「晋さんの娘さんだ」

晋八の娘なら野菜に詳しかろう。それは楽しい話が聞けそうだ。高弥も由宇の不在を残念に思った。

「そうでしたか。ところで、女将《おかみ》さんには何を頼まれているんですかい」

それが今晩の菜になるのだ。高弥はそれが気になった。

しかし、政吉の返事はひどいものであった。

「なんでもいいって、いつもそうだ。だから、お由宇ちゃんのおすすめを選んでんだ」

なんでもいいとはどういうことか。客に出す大事な菜に意気込みが何も感じられない。

高弥はそれが悲しくなったけれど、ていの腕ならば何を煮たところで同じ味になってしまうかもしれない。材料があまりに憐《あわ》れだ。

高弥はこの時、自分に台所仕事をさせてほしいと強く願い出ようと固く心に決めた。

そんな時、ぽっくりの軽やかな足音が聞こえた。

「あら、政吉さん。いらっしゃい」

若い娘の陽気な声だった。振り向くと、そこにいたのは、十五、六の娘であった。緋色の半襟が覗く、水色の小袖。桃割れに結った髪の赤い手絡《てがら》がちらりと見えた。

「お由宇ちゃん、おかえり」

政吉がほっと息をつきながら言った。どうやらこの娘が由宇らしい。

それにしても、父親に似ていないものだと思った。厳《いか》つい晋八に似ず、由宇は愛くるしい。垂れた目元が優しげで、人懐っこい子犬のような可愛らしさである。

「あら、こちらは――」

由宇が高弥に目を留めた。高弥は客をもてなす時のような笑みを浮かべて口を開く。

「あやめ屋に御厄介になっている高弥と申しやす。これからよろしくお願い致しやす」

「晋八の娘の由宇でございます。こちらこそよろしくお願いしますね」

そう言って、由宇は頭を下げた。和やかな場に政吉の尖った声が割り込む。

「おい、仕事が溜まってるんだかんな。とっとと帰るぞ」

政吉はそんなにも仕事熱心だっただろうかと思いたくなるけれど、まあいい。

「今日もおすすめを頼んます」

岡持桶《おかもちおけ》を手渡し、政吉が晋八に言った。晋八は慣れたものであった。

「おお、あんがとよ」

受け取った岡持桶《おかもちおけ》にそら豆、茄子《なす》、明日葉《あしたば》、と詰めてくれた。行きとは違い、少しばかり重たくなった岡持桶《おかもちおけ》を高弥が受け取る。艶のある野菜は、このままかぶりつきたくなるほどだ。この茄子《なす》など、包丁を入れた時の切り口の瑞々《みずみず》しさに心が弾むだろう。

「こんなに綺麗な野菜、美味《うめ》ぇに決まってやす」

思わずそう口を衝《つ》いて出た。そうしたら、晋八も由宇も顔を見合わせて笑った。

「おお、美味《うめ》ぇさ。味わって食いな」

「へいっ」

高弥の上機嫌が政吉には解《げ》せぬようであった。ただ、去り際に何度も何度も八百晋を振り返っていた。


それから、政吉は酒屋はあっちだとか、米屋はこっちだとか、口で教えてくれただけであった。高弥もひと通り覚えたつもりではあったけれど、いざ買いに行くとなると不安もある。

野菜を持って、高弥たちはあやめ屋の暖簾《のれん》を潜《くぐ》った。

すると板敷にはていと元助がいた。

「只今戻りやした」

政吉に続いて高弥も頭を下げる。

「ああ、おかえり」

ていが膝を突き、高弥から岡持桶《おかもちおけ》を受け取ろうとする。その時、高弥は思いきっていに申し出た。

「あの、女将《おかみ》さん、おれも台所に入れて頂けやせんか。おれ、うちではずっと料理をしてきたんで、邪魔にはなりやせん」

ていは一度きょとんとして目を瞬《またた》いた。それからすぐ、穏やかに、流れるように自然に口を開く。

「そうなのかい。構わないよ」

したいのなら好きにすればいいといったところか。

高弥はほっとした。この瑞々《みずみず》しい野菜を今日こそはちゃんと味わえる料理に変えられるのだと。

しかし、そう上手くはいかなかった。そこで横やりが入る。

「駄目だ」

きっぱりと突っぱねたのは、帳場格子の中の元助であった。朝湯を浴びてきたようだが、長湯ではないらしくもう戻っている。

「女将《おかみ》さん、こいつにはそんな余分な仕事をしているゆとりなんざありゃしません。新入りに仕事を選ばせてどうするんですか」

元助が言えば、ていはしゅんと萎《しお》れる。この二人、たびたび立場が入れ替わるように感じられた。主《あるじ》なのだから、ていはもっと自分の考えを押し通せばいい。

なのに、それをしない。元助の顔色を窺《うかが》ってしまう。

「そ、そう、ねぇ。高弥、そういうことだから悪いね」

駄目だと言う。

ここで高弥が強く押しても、元助が折れることはないだろう。ていは板挟みになり、話をうやむやにする。それがなんとなくわかってしまうから、高弥はがっかりしてしまった。

急ぎすぎたのかもしれない。もっと懸命に働いて、そうして認めてもらった上で言い出さねば通らぬことなのだろう。

「へい、わかりやした」

この野菜と八百晋には申し訳ないけれど、今日の膳もまた昨日と変わりのないことになってしまうのだ。せっかくの材料なのに。

引き下がった高弥に、元助はそれでも険しい目を向けていた。それを振りきるようにして、高弥は竹箒《たけぼうき》を手に表を掃《は》き清める。

その日の昼餉《ひるげ》も簡素なもので、茶漬けと沢庵《たくあん》漬《づ》けであった。その昼餉《ひるげ》を終え、高弥はひとっ走り湯屋に向かった。朝のうちはなんやかんやと用事を言いつけられてしまい、なかなか抜けられなかったのだ。

買い出しに出かけた際に最寄りの湯屋の場所も政吉に聞いた。あまりゆっくりしている隙《ひま》はないので、高弥は急いで湯を浴びた。汗臭い体で客を迎えてはいけない。

大急ぎで戻った。元助がそんな高弥を鼻で笑い、そうしてまた帳場格子の中に座って煙草《たばこ》を呑《の》む。

食事と雪隠《せっちん》と湯を浴びる時以外に元助が動くことがあるのだろうか。そう思わせるほどに動かない男だ。それとも、つばくろ屋の番頭がまめまめしいだけなのだろうか。

まだ二日目だというのに、どうしても高弥はこの元助を好ましく思えずにいた。

そうして、その二日目。客は――昨日よりも少なかった。

志津が呼び込みをして、二人の客が来たのみである。

高弥は呼び込みをしなかった。料理が美味《うま》いと謳《うた》えない。真心尽くしとも言えない。何をもってこの宿を選んでほしいと頼めばいいのか、高弥にはわからなかったのだ。

これではいけない。旅籠《はたご》としてもてなしを誇れないなど、あってはならない。これではこのまま商いを続けていくことが難しい。

そんな不安を抱いている者が、このあやめ屋にはもしかするといないのではないか。そう思ってしまうほど、皆からは真剣さが感じ取れなかった。

政吉も平次も、客に尽くそうとしない。客が来たら面倒くさいとばかりに避ける。おざなりにやり過ごそうとする。荷物を運んだり、案内したり、そうしたことは高弥にさせようとしているのがわかった。

そんな政吉と平次の心は客にも伝わってしまうのだ。せめて客と顔を合わせた時くらいは愛想よく振る舞ってほしい。

今日の客はどうやら親子のようであった。老いた母と息子である。

二人に出す夕餉《ゆうげ》の膳は、わかめの味噌汁、塩鮪《しおまぐろ》、八杯豆腐《はちはいどうふ》、揚げ茄子《なす》、そら豆の煮物、明日葉《あしたば》の浸し物――

まず、揚げ茄子《なす》は黒い皮と白い腹との区別がつかないほどにこんがりと揚がっていた。そら豆も薄緑が醤油《しょうゆ》色に染まっている。焼き物も黒い。明日葉《あしたば》がかろうじて緑の色を残しているけれど、湯がきすぎてべったりしていた。

どうしてもこうなってしまう。よい材料を使おうと、腕がなければどうにもならない。あの野菜を例えば父が料理したなら、客の頬が落ちただろうに、勿体《もったい》ないことだ。

高弥は残念な心境で、客が夕餉《ゆうげ》を食べるところを見守ることしかできなかった。膳の半分は残されただろうか。全体に味が濃いため、白飯だけは綺麗になくなっている。

その晩、高弥にも味噌汁と白飯の他に八杯豆腐《はちはいどうふ》、そら豆の煮物がつけられた。やはり、味は濃かった。食べ終えた後も異常に喉が渇く。

高弥は後片づけの時のみ台所仕事に携わることが許され、ていと志津と一緒に仕事を終えた。それから裏手の井戸へ行き、水をがぶ飲みしたい衝動に駆られたけれど、水ばかり飲むと腹を壊す。高弥は少しだけ水を口に含み、うがいをして喉を潤すと、それから宿の中に戻った。

そうしたら、板敷の方からかすかな話し声がした。低い声だった。

一人は元助だろう。そうは思ったけれど、それにしては僅《わず》かながらに笑いが混じる。あの元助が笑うものだろうか。客と話し込んでいるふうでもない。高弥は訝《いぶか》りつつ、台所を通って板敷に続く障子を開いた。

すると、やはり板敷の帳場格子の中に元助はいた。それと、もう一人――

その帳場格子に体を預けて寄りかかり、随分とくつろいだ様子の男がいる。年の頃は元助とそう変わりないだろうか。けれど、明らかにこんな旅籠《はたごや》屋に用のある者ではなかった。

墨染《すみぞめ》に禿頭《とくとう》。それは僧侶であった。

あの御高祖頭巾《おこそずきん》を被った客のことがあったから、この僧侶もまた女を買いに寺を抜け出してきたのだろうかと思った。

僧侶はふと高弥に気づき、元助と共に顔を向ける。元助はいつもの仏頂面《ぶっちょうづら》になり、僧侶は相反して笑《え》んだ。

「おお、なんだこの若いのは」

「なんだも何も、奉公人だ」

「奉公人とはな。こんな流行《はや》らない宿にこれ以上人手がいるのか」

「うるせぇ坊主《ぼうず》だな」

ケッと吐き捨てるけれど、元助の顔は高弥に向ける時よりもずっと穏やかに見えた。気の置けない友人というものだろうか。元助にそうした友がいることに、高弥は少なからず驚いたのだけれど。

「お若いの、私は想念《そうねん》と申す。名はなんというのかな」

「へい。高弥と申しやす」

想念は彫りの深い顔で、ふむとうなずいた。

「そうか。育ちのよさそうな顔をしておるな」

にこやかにそんなことを言われた。苦労知らずと言いたいのだろうかとひねくれた受け取り方をしてしまうのは、想念が元助と気が合うからだ。

高弥の探るような目を想念は感じ取ったようであった。

「この宿は働きやすいところではなかろう」

かなり明け透けにものを言う御仁である。高弥の方が面食らって返答に困ってしまった。

元助はそれでも怒鳴らない。ただ黙って口をへの字に曲げている。

「え、いや、そんな――」

言葉を濁した高弥に、想念は楽しげに笑った。

「あやめ屋は、外から来たおぬしには馴染《なじ》みにくいところだろう。けれどな、こう見えてこの元助にもよいところはあるのだよ」

元助によいところがあると。高弥にはそのよいところがとんと思いつかなかった。

いつも仏頂面《ぶっちょうづら》で、偉そうで、怠《なま》け者で、横柄で――

「黙れ糞坊主《くそぼうず》。もう帰《けえ》りやがれ」

かなり怖い顔をして元助が吐き捨てた。それでも、想念は怯《ひる》むどころか笑っている。日々修行を積んでいる僧侶には、元助など恐ろしくもなんともないのか。

「おお、照れているな。面白い」

想念の言い方にチッと舌打ちして、元助はそっぽを向いた。照れているどころか、怒り心頭といったふうにしか見えない。

それでも、想念は何も気にしていない様子であった。

「それでは、そろそろ戻るとするか」

笑みを浮かべたまま、想念は立ち上がる。だらしなく格子にしな垂れかかっていたかと思ったら、裾を正し、しゃんとまっすぐに立ち上がった時には、背筋が伸びて立派に見えた。歩む姿も動きに無駄がなく、あやめ屋には不釣り合いなほど清い。

そんな姿に見惚《みほ》れていたせいか、想念は高弥を振り返った。

「高弥」

「へ、へい」

「励めよ」

短く、それだけを告げて想念は去った。

なんとも変わった僧侶である。世俗の外にいるはずの僧侶がこのような場所にいるからそう思うのかもしれない。

何故想念があやめ屋に顔を出すのかが謎だ。

ちらりと元助を見遣ったけれど、高弥の疑問に答えてくれる気はなさそうであった。無言で帳面をめくる元助に、高弥はぽつりと言った。

「あの、元助さんはまだお休みにならねぇんですかい」

すると、元助は鬱陶《うっとう》しそうに眉を寄せた。

「うるせぇな。先に休んでりゃいいだろ」

番頭を差し置いて休むのもいけないかと思って訊《たず》ねたのに、うるさいと言う。

そもそも、元助は座っているだけなのだ。それほど疲れていることもないだろう。

「へい。お先でござんす」

ぺこりと頭を下げ、高弥は梯子段《はしごだん》を上がった。そういえば、政吉と平次もすでに部屋にいた。仕事が終わったなら、さっさと寝ればいいと元助は言うのだろうか。

高弥が部屋に入ると、二人が顔を向けた。腰を下ろした高弥に、平次が声をかけてくる。

「片づけは終わったのか」

「へい」

政吉は搔巻《かいまき》にくるまって横になる。行灯《あんどん》を灯す油を無駄にしたくないのだろうし、そもそも灯りをつけてまで学ぶことが見当たらないのかもしれない。

そんな中、平次は言った。

「お前はよく働くなぁ」

「いえ、あんなもんでしょう」

ここの皆がやる気を出さないだけだ。

しかし、平次は決して高弥をほめていたわけではない。これは皮肉だと、なんとなく感じた。

●

翌朝も、あやめ屋の皆は客に対してもてなしの心を忘れていた。

客がさっさと発《た》ってくれなければこちらの段取りが悪くなる。早く行けと顔に出ていた。

年老いた母親を連れているのだ。素早くは動けないし、支度に手間取るのも仕方がない。

やっと部屋から出てきた息子は、勘定を支払うため、帳場の元助とやり取りしている。その間に母親は草鞋《わらじ》を履こうとしていたけれど、なかなか思うように紐が結べないようだった。

「すみませんねぇ、年を取るとどうにも、ねぇ――」

悲しそうに、すまなそうに老女が謝る。きっと、奉公人たちの顔から心情が漏れてしまったのだ。せっかく泊まってくれたというのに、これではいけないと高弥は老女のそばに膝を突いた。

「これからどちらまで行かれるんですか」

なるべく柔らかい声を出し、笑顔を向けると、老女は控えめに言った。

「お伊勢《いせ》様の方にね」

「お伊勢参りでございやすか。それはよござんすね。息子さんとご一緒なら旅もお心強いことでしょう」

すると、老女は照れたように笑った。その笑顔は十も二十も若返ったように感じられる。

「まあ、そうなんだけれど、こんな老いぼれにつき合ってないで嫁をもらったらいいのにねぇ」

「手前もおっかさんと二人で旅をするとしたら、旅の間ずっと楽しい気持ちでいられると思いやす。おっかさんがいてくれると、それだけでいいもんでござんす」

「そうだねぇ、せっかく倅《せがれ》が用意してくれた旅だものね。ありがたく頂戴《ちょうだい》しなくちゃね」

息子が勘定を終え、母の草鞋《わらじ》の紐を手早く結ぶと杖《つえ》を差し出し、手を貸して立たせた。高弥も表まで見送りに出た。

まだ暗さの残る街道の朝。けれども、晴れ渡りそうな空の色に高弥はほっとした。

「では、道中お気をつけていってらっしゃいませ」

丁寧に、感謝を込めて頭を下げる。親子はそんな高弥の心を感じてくれたのだろうか。ほんのりと笑っている。

「ええ、ありがとう」

軽く手を振り、歩み出した二人の背が見えなくなるまで、高弥は再び頭《こうべ》を垂れた。

真心尽くしとは到底呼べない、そんなもてなししかできなかった。心苦しさがそうさせるのかもしれない。しかし、せめて心を込めて見送ろうと思った高弥の姿勢は、元助には伝わらなかったらしい。

「いつまでそこにいやがる。とっとと動け」

誰のせいで高弥がこんな思いをしていると思っているのか。沸々と、腹の底から憤《いきどお》りが湧いてくる。ゆらりと頭を上げた高弥に、元助はさらに言った。

「朝餉《あさげ》だ。さっさと食うぞ」

「――へい」

朝餉《あさげ》の席ではやはり、美味《うま》いとは言えない飯が出た。今日は水加減がおかしかったのだろう。米がべたべたする。朝からこれでは、昼頃には糊《のり》のような状態になっているのではないだろうか。

しかし、誰も何も言わなかった。主《あるじ》であるていが作ったからだろうか。

けれど、ていにではなく、客に気を遣わなくてどうするのだ。客を気遣えなければ宿として商いを続けていけない。それなら、はっきりとていに料理の改善を申し出た方が宿のため、延いてはていのためになるのではないか。

沢庵《たくあん》と、水気の多い飯と、それから塩辛い茄子《なす》の味噌汁。

高弥はそれらを食いながら複雑な思いであった。

その後、朝餉《あさげ》の片づけを手伝う。ていは高弥と志津に任せ、少し休ませてもらうと言って部屋に下がった。

「女将《おかみ》さん、もしかして今朝はしんどかったんですか」

高弥は洗った鍋を竈《かまど》に戻しながらつぶやいた。志津は箱膳を重ねながら振り向く。

「どうしてそう思うの」

「いえ、飯の炊き方が、その――」

いつも以上にひどかったから、とは言いにくい。ただ、去っていった時の顔色もあまりよくなかった気がする。

志津は少しだけ眉根を寄せた。

「そうね。女将《おかみ》さんもそんなに丈夫じゃないから」

見るからに弱々しい。それならば余計に、食べるものにはもっと気を遣わねばならないと高弥は思った。食事が人の力の源となるのだから。

そんなことを考えていたその時、突如、台所が揺れた。

前触れは何も感じられなかった。ガ、ガ、と急に地面が揺れたのだ。その上に立つ宿も揺さぶられる。

ガガガ——

「お志津さんっ」

高弥はとっさに土間から畳の上へ飛び乗り、志津の腕を引いて飛んできた箱膳から遠ざける。蓋の開いた箱膳から飛び出した茶碗がひとつ、割れた。その破片が畳の上で小刻みに跳ねる。

このまま長引けば、上からも何か降ってきそうだ。高弥は身を縮めて丸まった志津の上に覆い被さって庇《かば》った。初めこそ大きく揺れたものの、後は激しいというほどではない揺れになる。けれど、長かった。

カタカタと、いつまでも戸の鳴る音が耳に残る。それが風によるものなのか揺れによるものなのか、高弥にもよくわからなくなっていた。

その音がしなくなっても揺れが伝わるのは、志津が震えていたせいである。高弥はもう何かが飛んできたり、棚が崩れたりする危険はないと思い、体を起こした。

「お志津さん、平気ですかい」

そっと声をかける。けれど、志津は何も答えなかった。それどころか身を起こさず、うずくまったまま小さく呻《うめ》いている。

「あ、あ――」

頭を抱えた志津に、高弥の方が困惑してしまった。

「ど、どうしなすったんで」

その時、足音がして台所の障子が開いた。障子に寄りかかるようにして戸を開けたのは、ていであった。さっきよりも青白さが増した顔である。

「お志津、無事かいっ」

そのていの後ろには元助がいた。ていは細い体を重たそうに動かして志津のもとへやってきた。

「お志津、もう治まったんだよ。ね、もう揺れないからね」

それは子供をあやす母親のような声であった。ていがそっと志津の肩に触れると、志津は呻《うめ》きながら涙に濡れた顔を上げた。

志津がこんなふうに泣くのを初めて見た。高弥はたじろいだけれど、今はそれどころではない。

「女将《おかみ》さん、休んでいてください。お志津もだ」

元助がぼそりとつぶやく。わけがわからずにいる高弥に、元助は不機嫌な顔を向けた。

「おい、後はてめぇがやれ」

「へ、へいっ」

大きくうなずく。胸を撫でて落ち着け、高弥は一人取り残された台所で割れた茶碗の欠片《かけら》をかき集めた。

その間も高弥は考えてしまう。志津はどうしたのだろうかと。

ていと違い、志津は少し前までいつもと変わりなかったのだ。それが急に――茶碗の破片が残っていないように丁寧に畳を掃《は》いた後、棚から落ちた笊《ざる》や桶を直したりしていると、台所の戸が開いた。

そこに立っていたのは志津であった。

「あ――もう、いいんですかい」

今日はずっと休んでいるのかと思ったら、早めに戻ってきてくれた。ていも具合が悪いとなると、志津まで長くは休めぬと無理をしたのかもしれない。

志津はしょんぼりとうなずく。

「ええ、もう平気。高弥さんだけ働かせてごめんなさい」

「いえ、おれは構いやせん」

高弥はゆるくかぶりを振る。志津は今までで一番小さな声でつぶやいた。

「――わたし、地揺れだけはどうしても駄目なの」

「誰だってあんなのは怖《こえ》ぇかと」

高弥が苦笑すると、志津は黙ってうつむいてしまった。長い睫毛《まつげ》に高弥はなんとなく目を向ける。すると、志津はその睫毛《まつげ》を震わせて語り出した。

「わたしが十一の時にね、大揺れがあって、それで家族が皆、家の下敷きになったの」

「えっ――――」

「それまではね、わたしの家は奉公人もいるお店《たな》だったのよ。おとっつぁんもおっかさんもとっても優しくって、弟は可愛くって、わたしは仕合《しあわ》せだったわ」

文久年間である今よりも少し前の安政《あんせい》。その頃はひどく地揺れが多かったのだ。

特に安政二年（一八五五年）に江戸で起きた大地震は、地震による火災を含めて七千人もの死者を出した。

高弥も覚えている。あの後はいろんなことがおかしかった。

鯰絵《なまずえ》や、万歳楽《まんざいらく》と唱える声はつばくろ屋にもあった。

地揺れは大鯰《おおなまず》が地面の下で動き回ることで起こると言われている。だから、その鯰《なまず》に要石《かなめいし》を背負わせて懲らしめたりする鯰絵《なまずえ》を護符としたのだ。

人々が口にした万歳楽《まんざいらく》は本来であれば新年を言祝《ことほ》ぐ歌舞である。新たな再生の意味を込め、皆が唱えた。どちらも災害除《よ》けの祈りである。

地揺れの後に、母が高弥と福久を抱き締めて安心させてくれた。けれど、志津にその母の腕はなかった。志津はあの地揺れによってすべてを失くしてしまったのだという。

「木枯らしが吹く季節だったの。どうしてわたしだけ助かったのかもわからないわ。たまたまいた場所がよかったんだと思う。気を失っていたんだけれど、気づいたら崩れた家の柱が重なっていて、わたしは小さかったからその隙間から抜け出せたわ。でも、家族は助からなかった。奉公人も皆――」

もしかすると、このあやめ屋に来られたことは志津にとって僥倖《ぎょうこう》であったのだろうか。たちの悪い女衒《ぜげん》などに捕まって売られていたら、今頃は吉原の大門を潜《くぐ》って鴛籠《かご》の鳥になっていたかもしれないのだから。

　志津は小さく笑う。

「お嬢さんお嬢さんって、それは大事に育てられたから、口入屋《くちいれや》から奉公に出ても、なぁんにもできやしなかったのよ。ここへ来る前には一度、奉公がつらくて逃げ出したこともあるくらい。こんなことになるのなら、料理も裁縫も洗濯も教わっておけばよかった」

　家族を喪《うしな》い、それでもしっかりと生きている志津は立派だと、高弥は思う。高弥がもし同じ目に遭ったなら、皆の後を追わずに生きられるだろうか。そんなつらいことが起こったなら、生きていたいなどとは思えぬことだろう。

　つばくろ屋の皆がそんな目に遭うことなど考えたくもないけれど、皆と同じ場所へ行きたいと、そればかりを願ってしまいそうだ。それをせずにいられた志津は、か弱そうに見えて芯の強い娘だ。

「お志津さんは立派でござんす。そんな目に遭って、それでも立派に生きてきたんですから、すごいことだと思いやす」

　すると、志津はあはは、と軽く笑った。そうした朗《ほが》らかな笑い方をする娘であったのかと意外に思った。それも、こんな身の上話の末にだ。

「嫌だ、高弥さんったら大げさねぇ。わたしだって本当は死にたいって思ったのよ。でも、わたしに生きろって言ってくれたお人がいたの。どこの誰かも知らないけれど、上背のある通りすがりの男の人だったわ」

当時のことを思い出すように、志津はゆっくりと語る。唄のように心地よい声であった。

「助かった命なら、生きられなかった人たちの分まで生きてあげないと、生きたかった人たちが憐《あわ》れだからって」

志津の家族も奉公人も、死にたくなどなかっただろう。生き残った志津は皆の命を背負うしかなかったのか。

「――わかっているのよ。それはわたしに生きる理由をくれただけ。そうじゃなかったら、わたしだけが生き残ってしまったことが悲しくて、申し訳なくて、きっと生きられなかった。生きていいんだって、そのお人に言ってもらえたから、わたしは生きていられるんだわ」

その言葉が志津を救った。志津の恩人との大切な思い出を今、高弥に語ってくれたのだ。

「へい、お志津さんが生き残ったことをおっかさんたちはお喜びだと思いやす」

あのくらいの地揺れにも平静を保てない。何も癒えていない生々しい傷が見える。未だに苦しい思いもあるだろう。

高弥は志津が仕合《しあわ》せになれたらいいと、心から思った。そんな気持ちが伝わったのか、志津はありがとうと言って微笑んだ。

●

そんなことがあって――

「高弥さん、お醤油《しょうゆ》が足りないの。買い出しお願いね」

志津は笑顔で空《から》の白い徳利《とっくり》を高弥に差し出す。

「へい。任しておくんなさい」

あれから、志津とは打ち解けて話せるようになったと、少なくとも高弥の方は感じていた。元助たちとは相変わらずの日々であったけれど、志津はよく笑い、話しかけてくれる。それだけで、高弥にとってこのあやめ屋がほんの少し居心地のよい場所となった。

志津に頼まれ、醤油《しょうゆ》を買いに行く。八百晋へ行くという政吉と連れ立って外へ出た。

あやめ屋ではあれだけ塩辛い料理を作るのだから、醤油《しょうゆ》の減りは多分、ひどく早い。空《から》でも少し重たい素焼きの徳利《とっくり》を抱え、高弥は政吉と並んで目抜き通りを歩く。

政吉は岡持桶《おかもちおけ》を手に、高弥をじっと見た。

「――ええと、何か」

「べっつにぃ」

別にと言うわりには見ていた。それも、険しい目で。政吉が高弥に親しみを感じてくれるまでには、まだ時が要るのだろう。

しかし、仲良くしたいのかどうかも高弥にはよくわからなかった。志津のように苦境を乗り越えていたり、何かに秀でていて、思わず尊敬したくなるところがあれば別なのだが、あやめ屋の他の皆には覇気がない。もう少し身を入れて働くことはできないものだろうか。

取り留めなく考え込んでしまうと、八百晋の晋八の太い声がそこに割り込んできた。

「らっしゃいらっしゃい、今日もいい野菜を取り揃えてありやす」

楽しげに、弾む声で言う。由宇もまた、にこやかに野菜を並べていた。

あの親子は、自分の仕事に誇りを持ち、遣《や》り甲斐《がい》も感じている。だからあんなにも輝いて見えるのだ。その姿が、つばくろ屋の皆と被る。

不意に懐かしいような気がして、胸が締めつけられた。足を止めて八百晋の二人に見入った高弥に、政吉は蠅《はえ》でも追い払うようにして手を振った。

「おい、お前は醤油《しょうゆ》を買ってくるんだろっ」

「――へい」

露骨に嫌な顔をされた。高弥の考えが読めたはずもないだろうに。

邪険に追い払われ、高弥は醤油《しょうゆ》臭い徳利《とっくり》を抱え直して歩いた。

しばらく行くと、生醤油《きじょうゆ》と書かれた看板が目を引く。その店先には樽《たる》がいくつも並べられていた。届いたばかりで、店の中に運び込む前なのかもしれない。

ここ、味噌醤油《しょうゆ》問屋はその名の通り味噌と醤油《しょうゆ》を扱っている。樽《たる》売りばかりでなく、小売りもしてくれるのだ。看板にもそう記してあるのだから間違いない。

醤油《しょうゆ》や味噌とひと口に言っても、産地や材料によって味は異なる。昔は各家庭で製造されていたものが、次第に少量を買い求めるようになった。

――醤油《しょうゆ》が普及し、庶民の食卓に使われるようになったのは江戸時代中期で、享保の頃にはまだ、醤油《しょうゆ》といえば上方《かみがた》の薄口醤油《しょうゆ》が主流であった。享保十五年（一七三〇年）には十六万樽《たる》を超える醤油《しょうゆ》が上方《かみがた》から江戸に運ばれていたという記録がある。

ただし、小麦粉の香り豊かな江戸庶民好みの濃口醤油《しょうゆ》が関東で誕生した。それが徐々に定着するようになると、あれだけ需要があった下り物の薄口醤油《しょうゆ》が、安政五年（一八五八年）には五百樽《たる》程度となり、そこから降下の一途を辿《たど》る。

だからこの時代には、江戸庶民にとって醤油《しょうゆ》といえばすでに濃口醤油《しょうゆ》であった。

「すいやせん、あやめ屋でございやす。いつもの醤油《しょうゆ》をくださいさい」

徳利《とっくり》を抱えて店先で元気に挨拶した高弥のもとへ、紺のお仕着せに屋号入りの前掛けをした奉公人がやってきてくれた。手代《てだい》らしき若い男だ。

「へい、毎度ありがとうございます。あやめ屋さん、いつもご贔屓《ひいき》にして頂いて――」

と言いかけて気づいた。

「おや、あやめ屋さんでしたね。それにしては見ないお顔で」

「最近奉公に上がったばかりなもんで。板橋宿から来やした、高弥と申しやす」

笑って答えた高弥に、手代《てだい》はああ、とうなずきながら徳利《とっくり》を受け取った。

「板橋宿からですか。確かうちのお客様の『つぐみ屋』さんも出は板橋だと仰っていました」

つぐみ屋。

その名を聞いた途端、高弥の頭の中に風が吹き抜けたように感じられた。

――宿の名はもう決めてあるんでございますよ。

『つぐみ屋』ってのはどうでしょう。

ほうら、鳥繋がりで。

でね、暖簾《のれん》も『つ』のひとつ文字。

板橋と品川。離れていてもこれで繋がっていられます。

この名を大事に、つばくろ屋を思いながら末永く商いを続けます。

「つ、つ、つぐみ屋さんってぇのは、もしや利兵衛さんのお宿でっ」

高弥の剣幕に手代《てだい》はやや後ろに退いて、それから答えてくれた。

「ええ、そうでございます。それから、壮助《そうすけ》さん。つぐみ屋さんにもご贔屓《ひいき》にして頂いております。ああ、同郷だけあってやはりお知り合いでしたか」

間違いない。あの利兵衛と息子の壮助だ。高弥はさらに身を乗り出す。

「そのつぐみ屋さんはどちらにありやすかっ」

「北本宿、北馬場町《きたばんばちょう》でございますよ」

「北馬場町――」

北馬場町がどの辺りか、はっきりとはわからない。けれど、北品川にいるのであれば、会いに行けないこともない。高弥はほっと胸を撫で下ろした。

北馬場町のつぐみ屋。もう二度と忘れない。

落ち着いたら挨拶に行こう。久しぶりに利兵衛や壮助に会いたい。ただ――

何を思って高弥にあやめ屋を薦めてくれたのだろう。今のところ、厄介なばかりで何かを学べそうな気もしない。それでも、利兵衛には何か考えがあるのだろうけれど。

手代《てだい》から、注ぎ足された醤油《しょうゆ》の入った徳利《とっくり》を受け取る。香ばしい匂いが強く感じられた。礼を言って店を出る。

利兵衛の宿の名と場所がわかり、高弥の心がほくほくとあたたまった。帰り道を軽い足取りで行く。そうしたら、八百晋の前にまだ政吉がいた。

岡持桶《おかもちおけ》には野菜が詰まっており、用はもう終えただろうに、由宇と話し込んでいる。しかし、他の客もいることだ。あまり長居しては商いの邪魔になるのではないだろうか。政吉は戻れば仕事をしなければならないので、ここでゆっくりと時を費やしていたいのかもしれない。けれど、それに由宇たちをつき合わせてはいけない。

高弥はわかりやすいように八百晋のそばを通った。由宇は政吉の肩越しに、高弥に気づく。

「政吉さん、醤油《しょうゆ》、注ぎ足してもらいやした。政吉さんの方は――ああ、今日も美味《おい》しそうな品々ですね」

用事は終わりやしたね、とばかりに政吉に笑顔を向ける。政吉は鼻面《はなづら》に皺《しわ》を寄せた。けれど、由宇はどこかほっとしているようにも見えた。やはり、客だから邪険にはできず困っていたのだろう。

「じゃあな、今日も気張って働きなよ」

と、晋八が豪快に笑った。高弥は大きくうなずく。

「へい」

政吉は渋々歩き出す。ただ、高弥が横に並ぶのを拒んでいるほどの早足であった。どうやら機嫌を損ねてしまったようだ。戻って宿の仕事に精を出してくれたらいいのだけれど。

高弥は由宇に向け、申し訳ないような気持ちになって苦笑した。

「どうも、お世話様でやした」

「え、いえ――」

由宇はあからさまなことは言わない。けれど、奉公人の振る舞いがそのまま宿の評判に繋がるのだ。政吉も平次も――いいや、ていも元助もそれをわかってくれない。

道行く人馬に遮られ、すでに見えなくなった政吉の背中を追いかけるでもなく、高弥は徳利《とっくり》を抱えてあやめ屋に戻った。

●

その日の晩のこと。

今日は客が二人。若い男であった。

二人はよく似て見えた。もしかすると兄弟なのかもしれない。旅装ではないので、江戸から品川まで遊びに出たか、旅人の見送りをしただけの二人なのだろう。

若い男だけあって血気盛んなようで、兄らしき男の額に小さな傷跡がある。

その男が、ていの作った夕餉《ゆうげ》を口に含んですぐに顔つきを険しくした。

「なんだ、この飯は。こんな不味《まず》いもん初めて食ったぞ。これで銭《ぜに》取ろうっててのか、あぁっ」

男は箸を膳に投げ捨てる。膳から落ちた箸が畳に転がった。

あの田楽《でんがく》味噌は確かに美味《おい》しくない。高弥はそれを知っているから、客が怒るのも無理はないと感じた。

せっかく泊まってくれた客に嫌な思いをさせてしまったことを心苦しくは思うけれど、こうしてはっきりと言ってもらえて、かえってよかったのかもしれない。これから料理をもっとよくしていくきっかけを与えてもらえたと思いたい。

何か余っている材料はないだろうか。高弥が台所に立っていいなら急いで作る。ていいに目を向けると、ていはただしょんぼりしていた。

まずはこの場をどう乗り切るべきだろうか。男の剣幕を、連れは止める様子もない。この料理には値打ちを見出せないから、怒るのも当然だと言いたいのだろうか。無言で成り行きを見守っている。

ただ、少し気になるのが、その口の端がつい、と持ち上がったこと。

その時、帳場にいた元助がやってきた。仏頂面《ぶっちょうづら》で畳の上に膝を突くと、顔色ひとつ変えずに言ったのだ。

「それなら、別の宿をお探しになったらいかがでしょう」

「はぁっ」

客ではなく、高弥が思わず素《す》っ頓狂《とんきょう》な声を上げてしまった。けれど、元助はそれを無視して男の方を見据えている。相手も相手で、今にも殴りかかりそうな面《おも》持《も》ちである。

「おい、もういっぺん言ってみろっ」

「だから、文句があるなら他所《よそ》へ行けと言ってるんで」

淡々と元助は言い放った。あまりのことに高弥は眩暈《めまい》がした。

客あっての商売だというのに、元助は何を口走っているのだろう。さすがにこれはひどすぎる。

「そ、それくらいにしてくださいっ。お客様にあんまりかとっ」

畳の上を転がるようにして元助のもとへ行くと、元助はそんな高弥を軽々と横へ押しやった。

「てめぇは黙ってろ」

どすの利いたひと言をくれると、再び客と対峙《たいじ》する。

「ふざけた野郎だな。文句があるなら他所《よそ》へ行けたぁ、どの口がほざきやがる。こんな宿があるかっ」

皆が遠巻きに見守る中、元助はチッと舌打ちをした。もちろん、聞こえるようにやったのだ。

男は浅黒い顔を真っ赤に染め上げた。

「上等だ、この野郎っ」

立ち上がって元助の襟につかみかかる。けれど、その手首を元助が片手で止めた。男は手を震わせている。――振り払えないのだ。細身のくせに元助は力が強い。

もう片方の手も封じられ、男は先ほどの高弥と同じように畳に転がされた。

「ああ、何しやがるっ」

連れの大声に、ていも志津も身を竦《すく》ませた。しかし、男たちは元助の腕っぷしが強いと見ると、やり合うのを諦めた。

「こんな宿は潰れちまえっ」

捨て台詞《ぜりふ》を残して出ていく男に、慌てて連れも続いた。二人の足音があやめ屋の中に虚《むな》しく響く。

こんな時分に他の宿を探すのは大変だろう。それでも、野宿をすることになったとしても、こんなところに泊まりたくないと思ったに違いない。

当たり前だ。あんな客あしらいがあるか。

高弥は呆然とその場にへたり込んでいた。元助はひとつ息をついて乱れた襟を直す。

そうしていると、政吉と平次が座敷に顔を覗かせた。

「喚《わめ》いてやしたねぇ」

「今日は当たりが悪かったってことで」

二人はそんなことを言って薄ら笑いを浮かべていた。その途端、高弥の中で何かがブツリと音を立てて切れた。

「おい」

自分のものとも思えぬような声が出た。

「当たりが悪かったってなんだよ。せっかく来てくだすったお客様に暴言吐いて、挙句に追い出して、おかしいのはどっちだよ」

誰か一人に向けたというよりも、それが高弥の中から漏れた思いだった。一度口を衝《つ》いて出たら、もう止まらなかった。この数日、腹の底に溜め込んでいたものが波のごとく押し寄せる。

「お客様の旅の疲れを癒やして、くつろいで頂ける場所が旅籠《はたご》のはずだ。それがどうだ、もてなしなんてひとつもしてねぇじゃねぇか。泊めてやってるとでも思ってやがるのかよ」

この宿の有り様はどうだ。もう、このひどさを黙って見過ごすことができない。それは己の心に反することだ。

皆、唖然《あぜん》と高弥を見ていた。こんなことを言われたのは初めてなのだろう。高弥だって言いたいわけではない。けれど、言わなくては。この宿はひどすぎるのだから。

「料理が不味《まず》いって、そんなの美味《うま》く作ろうとしねぇからだ。食べる人の気持ちを考えて丁寧に作れば、料理は美味《うま》くなる。料理には心が表れるんだ」

――料理には心が表れる。

そう言ったのは父で、高弥もその言葉をずっと大切にしてきた。

常に心を込めて料理する。それを心がけてきた高弥には、この宿の膳は雑に仕上げただけのものだった。料理はただの作業であり、そこに心はない。

それがもう我慢ならない。

そこまで言ったら、横っ面《つら》を張り飛ばされた。小柄な高弥は見事に吹き飛んだ。障子にぶち当たり、その外れた障子戸ごと倒れ込む。

頬と背中から全身に回った痛みが高弥の息を詰まらせた。

「げ、元助――」

ていの弱々しい声がする。もしかすると止めてくれたのかもしれない。けれど、その先はていの喉を越えて出てくることもなく、元助は返事もしなかった。

倒れている高弥の首根っこをつかんで体を浮かせると、そのまま引きずった。高弥はその力に抗《あらが》うこともできず、されるがままであった。

まだ暖簾《のれん》のかかった宿先を出て、元助は高弥を引きずって、すぐそばの路地へ折れた。そこで高弥を突き飛ばす。またしても壁で背中を打った。そして、身構えるよりも先に下腹の辺りに元助の下駄の歯がめり込む。

息が苦しくて、身をよじってむせながら涙を零《こぼ》した。そんな高弥に元助は冷ややかな声を降らせる。

「てめぇは何様だ。偉そうに御託《ごたく》並べやがって」

唾棄する勢いで吐き捨てる。

高弥はそれでも、壁にもたれながらなんとか上半身を起こした。体が震えるのは恐ろしいからではなく、憤《いきどお》りであったように感じたけれど、本当のところはもう高弥にもわからなかった。

「おれは――っ」

バチン、と元助の手の甲が高弥の頬を張った。目の前に火花が散る。

間違ったことは言っていないと続けたかった。言わずとも元助にはそれが伝わったのだろうか。再び地べたに頬を擦《こす》りつける形になった高弥は、悔しさのあまり土に爪を立てていた。

元助は、自分が月は四角いと言えばそれが通るとでも思っているのか。自分のやり方に意見する者など誰もおらず、口答えされることを何よりも嫌う。

腕っぷしが強い者は正しくて、弱い者は間違えているとでも示されているようで、その不条理に涙が滲《にじ》む。

自分は何をしにここへ来たのだ。こんな目に遭うためでは決してなかった。

それなのに、どうして——

「うるせぇんだよ」

襟をつかんで起こされ、再び元助の拳が来ると思われた時、志津が元助の袖にすがった。高弥のまぶたが上手く持ち上がらず、暗がりから急に志津が浮き出たように見えた。

「それくらいにしてくださいっ」

女中に過ぎぬ志津が元助に意見するとは思わなかった。政吉や平次はもちろんのこと、ていでさえも何も言えぬというのに。

それでも、恐ろしくなかったわけではないだろう。細かなところまでは見えないけれど、白い手が激しく震えている。

「お志津、何を庇《かば》いやがる」

低く、唸《うな》るような調子に、志津はびくっと体を強張らせた。それでも、足はしっかりと踏ん張っている。

「だって、死んじまったらどうするんですかっ」

「あぁっ」

元助は荒っぽく声を上げ、志津に目を向ける。志津はそれでも逃げなかった。

「人が死ぬのは嫌――」

それだけはどうしても譲れないのだと言わんばかりだった。

家族や、大勢の人の死を目の当たりにした志津だからこそ、その言葉には重みがあった。

「殺しゃしねぇよ」

元助は小さく舌打ちし、それから高弥を突き放した。高弥は散々体を打った痛みで踏ん張れず、また転がった。元助は志津を振り払うと、乱れた襟を正した。

そうして、去り際に言い捨てる。

「二度とその面《つら》見せんじゃねぇ。どこへでも行っちまいな」

元助は心配そうに高弥に近づこうとした志津の手をつかみ、引っ張っていって宿の中に押し込んだようだった。ガタガタと上げ戸をはめ込む音が、地べたに転がっている高弥の耳に届いた。

泣いたら、涙が土を泥にして顔を汚すだけなのに、どうしても涙が止まらなかった。

間違ったことは言っていない。この宿はひどい宿だ。客を客とも思っていないのだから、もてなしもしないで旅籠《はたご》を名乗ってほしくはない。

自分たちがいけないのだと認めたくないから、高弥が悪いと決めつける。そうしないといられないのだ。

意気込んでやってきた分だけ、心に虚《むな》しく穴が空いたようだった。歯を噛み締めて嗚咽《おえつ》を殺した。

帰ろう。帰りたい。もう、嫌だ。

けれど、もう暗いし、こう体も弱りきっていては板橋まで帰るのは無理だ。少なくとも明日以降でなければ。

この品川宿で高弥が頼れる人など限られている。あの醤油《しょうゆ》問屋の手代《てだい》が教えてくれたことが本当なら、北馬場町に利兵衛の宿がある。そこまでなら行けるだろうか。

そこで少し休ませてもらってからにしよう。

そう決めると、高弥は痛む体を起こし、涙を拭いてなんとか歩き出した。髷《まげ》も襟も崩れてよれよれのずたぼろであったけれど、暗いからもういい。

道の途中に何かが落ちていて、それに躓《つまず》きかけた。何かと思ったら、高弥が持ってきた風呂敷包みであった。ご丁寧に放り出しておいてくれたようだ。下駄まである。

高弥はそれを拾い、足を引きずりながら北馬場町へ向けて歩いた。それは心が寒い夜だった。

●

とっぷりと日が暮れた後はもう、人通りも少ない。だが、街道には点々と提灯《ちょうちん》が灯っているから、まだ歩けないこともなかった。宿場町の灯《ひ》が完全に消えることは稀《まれ》なのだ。

時折、高弥に声をかけてくれる人もいたけれど、高弥は平気だとだけ答えた。体中が痛いし、心も痛い。けれど、今は見ず知らずの人に話を聞いてほしい気持ちにはなれなかった。品川宿なんて嫌いだ、と高弥は思った。

板橋宿はここよりも小さいけれど、ずっといいところだ。

この品川宿では、利兵衛とその家族だけが味方であるような気がした。だから、今は他の誰とも関わりたくない。

重たい体でやっと八百晋の辺りまで来られた。八百晋ももう店終いをして戸は閉められている。その前をとぼとぼと歩いて通り過ぎようとした。

その時、戸が開いた。戸を開けたのは由宇であった。湯屋にでも行こうとしたのだろうか。

顔の腫《は》れた高弥を見て、ハッと息を吞《の》む。高弥はとっさに顔を背《そむ》けてやり過ごそうとした。けれど、由宇は戸口から出て高弥のそばに駆け寄った。

「た、高弥さん、あやめ屋の高弥さんでしょう。どうされたんですかっ」

あやめ屋の――

そんな呼ばれ方、金輪際《こんりんざい》されたくない。あんな宿と関わった数日さえ消し去りたいほどだ。

けれど、由宇が悪いわけではない。だから高弥はつらいながらになんとか言った。

「へい、ちっとばかし――。お由宇さん、北馬場町ってぇのはこのまままっすぐでいいんですかい」

すると、由宇は眉を下げてかぶりを振った。

「いいえ、北品川二丁目の通りで曲がらないといけないの」

街道沿いだとばかり思っていた。ここで由宇に会えてよかった。こんなひどい時でさえ、ささやかな救いがあった。地獄にも鬼ばかりではない、とはよく言ったものだ。

「――ありがとう、お由宇さん」

笑っていようと思うのに、やはり笑えていなかった。由宇はそんな高弥を心配してくれているように見えた。多くは訊《き》かない。

「あの、わたしがご案内しましょうか」

そんなことを言ってくれた。けれど、その気持ちだけで十分だ。

「こんな時分に若い娘さんに送ってもらうなんてできやせん。じゃっ」

軽く手を挙げて歩き出す。しばらく立ち止まっていただけで足が錆《さ》びついたように軋《きし》んだ。板橋からここまで歩ききった足と同じものとは思えない。

由宇が高弥の背を目で追っているのを感じたけれど、振り返らなかった。

去っていく地に未練は要らない。

同じ北本宿ならそう遠くはないと思った北馬場町だけれど、今の高弥にはひどく遠かった。品川は板橋よりも広いのだ。

はあはあと息が上がっていた。あと少しだと自分を奮い立たせるけれど、脂汗が滲《にじ》む。

疲れた。少し休もうか。いいや、あと少しなら歩きさろうか。

ふたつの考えの狭間で揺れているうちに、視界が大きく曲がった。よろけて転んだのだと、体の痛みと鼻先にある土の匂いが教えてくれた。

――どうしたらいいのか、考えるのに疲れた。立ち上がらないといけないけれど、今はそれをしたくなかった。土の冷たさが心地よい。

そうしていると、倒れている高弥に馴染《なじ》みのない声がかかった。

「おお、ぼろぼろだな。そんな体でどこへ行くつもりだ」

飄々《ひょうひょう》とした男の声だった。高弥は地面に突っ伏したままつぶやいた。

「ちょいと――つぐみ屋さんまで」

意識が朦朧《もうろう》とした。それでも、男の声は張り上げているわけでもないのに不思議と、高弥の気が遠くなるのを引き留める。

「つぐみ屋なぁ。そういえばそんな名の宿が近くにあったかもしれんな。どれ——」

男は高弥の体を担《かつ》ぐようにして抱き上げた。男もそう立派な体格ではなかったけれど、鍛えられた締まりのある硬さだった。町人ではない、武士だと、ふとした拍子に思った。

男は高弥に肩を貸したまま歩き、そうして急に突き放した。高弥を放り出し、顧みることもないまま去っていった。その時、物音を不審に思ったのか、正面の戸が開いた。中から灯りが漏れる。

「た、高弥坊ちゃんっ」

その慌てた声は壮助だった。どうやら、高弥はつぐみ屋の前まで運んでもらえたようだ。到着した途端に捨てていかれたけれど、十分である。あの侍に感謝こそすれ、恨んだりはしない。

ああ、懐かしい壮助の声だとぼんやり思ったところで、意識がプツリと切れた。

3

夢を見ていた。

そうして、己の流した涙のあたたかさに驚いて目を覚ました。夢の中で高弥は優しい祖父の膝の上にいて、あの頃が一番仕合《しあわ》せであったとぼんやり思う。

目を覚ましたそこは角行灯《かくあんどん》が柔らかに照らす部屋の中であった。高弥は布団の上に寝かされていた。涙を手の甲で拭うと、それに気づいた壮助が被さるように顔を覗き込んできた。

「ああ、高弥坊ちゃん、目を覚まされましたか。よかった」

暗がりで面持《おもも》ちまではっきりと見えない。けれど、安堵のため息が聞こえた。

「壮助、ここは――」

かすれた声を絞り出す。

「うちの宿の部屋でございます。高弥坊ちゃんが目を覚まされたら知らせろとおとっつぁんが申しておりましたので、呼んで参ります。それから、何か食べられそうですか」

腹は——減っている。

言われてから空腹に気づいた。高弥はうなずいてみせたが、そうしたら首が痛んで顔をしかめてしまった。

「おいたわしい。では粥《かゆ》でも持って参ります。少ぅしお待ちくださいませ」

壮助はすらりとした立ち姿で背を向け、音をほとんど立てずに部屋を出ていった。その静かな壮助とは対照的に、今度は慌ただしい物音がした。

「高弥坊ちゃんっ」

利兵衛である。この声は間違いない。

障子の隙間から滑り込んできたのは、やはり利兵衛だった。年は五十路《いそじ》をいくつか超えたせいか、髷《まげ》が気の毒なくらいに細い。半分以上は白くなった。その髪の色に歳月を感じるけれど、眉だけは相変わらず太く、目も鼻も口も大きく主張している。

旅籠《はたご》の主《あるじ》として面目が立つように、きちんとした仕立ての梅幸茶《ばいこうちゃ》の単《ひとえ》を着ているせいか、その面相にも風格が出たように思えた。

「い、一体、何があったのでございますかっ」

わなわなと、さまよった両手が震えている。

「まさか、菖蒲屋さんに行かれる途中で破落戸《ごろつき》に絡まれたのでしょうか」

高弥は思わず、え、と声を漏らした。

「しょうぶ、や——」

「ええ。私が口利き致しました菖蒲屋さんでございますよ」

他の泊まり客もいることだろう、利兵衛なりに声を潜《ひそ》めていた。それに気づかなければ、高弥の方が大声を出すところであった。

「あ、あやめと読むんじゃあないのか」

心《しん》の臓《ぞう》が太鼓のようにド、ド、と激しく打つ。やっとの思いでそれだけを言った。

すると利兵衛は首をかしげた。

「あやめ——ああ、菖蒲《しょうぶ》と書いてあやめとも読みますけれど、そんな宿は北品川にはございません。少なくとも、私の知る限りでは」

北本宿にはない。あのあやめ屋は——北本宿寄りの歩行新宿にあった。

「じゃあ、歩行新宿ならどうだい」

すると、利兵衛はうぅんと唸《うな》った。

「私もすべてを知っているわけではございませんので、あるはずがないとは申せませんが」

――そうなのか。

では、あのあやめ屋は利兵衛が薦めた宿ではなかったということか。

それを聞き、高弥は憑《つ》き物が落ちたように気が抜けた。

これまであやめ屋のひどさを見ても、心のどこかで利兵衛が薦めた宿なのだから、何か学ぶところがあるはずだと思っていた。それがどうだ。すべては勘違いだった。

そもそも、請状《うけじょう》を失くした高弥がいけない。それは間違いのないことだけれど、では何故あやめ屋は高弥を受け入れたのだろう。身に覚えなどなかったはずだ。役に立つようなら置いてみようかと思ったのかもしれない。そして、邪魔だからと追い出された。それだけのことだろうか。

今になって沸々と怒りが湧いてきた。

けれど、もう関わりたくない。高弥は必死であやめ屋でのこと、あやめ屋の皆のことを頭から締め出そうとした。

その時、女の声がした。

「お粥《かゆ》をお持ちしましたよ」

利兵衛の妻、りょうである。手の塞がったりょうに代わり、障子を開けたのは壮助であった。

「おとっつぁん、高弥坊ちゃんはお疲れでございますから、あんまり畳みかけませんように」

壮助に言われ、利兵衛はうぐ、と黙った。そんな親子の間でりょうはそっと粥《かゆ》の入った鍋を運ぶ。

「つばくろ屋さんの旦那様ほどの腕ではございませんから、お恥ずかしい限りですが」

などとりょうは言うけれど、この宿の料理はりょうが作っているのだろう。りょうは料理が上手いと聞いたことがある。

りょうは利兵衛よりも十五も若い。器量よしで、壮助のような大きな息子がいるようには見えなかった。そんなりょうがどうして利兵衛と夫婦になったのかと、皆が首をかしげるのだが、当の本人は何故そう思われるのかがわからないようであった。

りょうは利兵衛の顔が好きなのだという。だから、壮助も利兵衛に似ればよかったと本気で思ったらしい。壮助の顔立ちはりょうに似て整っているのだけれど。

「おりょうさん、ありがとう」

なんとかして体を起こそうとした高弥に、壮助が素早く手を貸してくれた。支えられながら、暗がりでもあたたかな湯気を立てている粥《かゆ》をよそってもらった。その椀を受け取ると、匙《さじ》ですくって口に運ぶ。

米の甘みが引き立つ、ほんのりとした塩け。舌で擦《こす》るだけで潰れる、軟らかく膨らんだ米。

指先まで痺《しび》れるようなあたたかさだった。優しい味に、思わず涙が溢《あふ》れた。

こんなに体を労《いたわ》るような食べ物をこのところ食べられてはいなかった。舌を刺すように味の濃いものばかりを無理やり食べていた。だから、りょうの粥《かゆ》は涙が零《こぼ》れるほどに美味《おい》しかったのだ。

体が生き返る――

高弥は泣きながら粥《かゆ》を啜《すす》った。そんな高弥を、利兵衛たちは黙って見守ってくれていた。その優しい気持ちがこの粥《かゆ》には詰まっている。やはり、料理には心が表れるのだ。

この粥《かゆ》が、数日の塩辛い料理を洗い流してくれるような気がした。

あやめ屋でのこと。

あれはすべて悪い夢であったのだと、高弥は自分に言い聞かせた。

●

その翌日は雨がしとしとと降っていて、体が痛んだ。利兵衛や壮助が代わる代わる様子を窺《うかが》いに来るものの、ほぼ一日中そっとしておいてもらえた。利兵衛たちの気遣いが嬉しかった。

夕刻になってようやく起き上がると、少しずつ体を慣らし、床《とこ》から抜け出す。

その間もつぐみ屋の皆は忙しく働いていたのだから申し訳ないような気にも

なったけれど、高弥が無理をして出張《でば》ってはかえってやりづらいだろうと我慢した。

つぐみ屋は利兵衛たち家族三人と、あともう一人丁稚《でっち》がいるだけであった。あやめ屋と同じほどの規模ではあるのだけれど、その人数で回るのは、それぞれがよく働くからだ。

利兵衛の仕込みがいいのか、壮助は気働きがある。その様子はつばくろ屋の藤助を思わせた。藤助もずっと利兵衛の下で学び、育てられてきたのだから、それも当然ではある。利兵衛は人を育てるのに向いた男なのであろう。

特にすることがあるでもなく、なんとなく部屋の障子窓を開けた。

ここはあやめ屋よりも海が遠のいている。潮の香りはあまりしなかった。もう少し南に行けば目黒川があるのだけれど、ここからは見えない。

客に夕餉《ゆうげ》を出すのと同じ頃合いに、壮助が高弥にも粥《かゆ》を運んできてくれた。自分たちはまだ食べていないだろうに、気を遣わせている。

「高弥坊ちゃん、起き上がっても大事ございませんか。あまりご無理はなさいませんように」

「もう平気だ。ありがとう」

高弥は精一杯笑ってみせた。けれど、痣《あざ》だらけの顔では痛々しいだけだろう。

壮助は困った顔をしながら膝を突く。

「――粥《かゆ》と、もう少し腹に溜まるものも入れた方がいいと母が申しまして、煮しめをおつけしました」

「おりょうさんの飯は美味《うま》いから嬉しいよ」

壮助は静かに粥《かゆ》の載った膳を置くと、人好きのする笑顔を見せた。

「後で下げに参りますから、ごゆっくりお召し上がりください」

「おれは客じゃあないんだから、そんなに丁寧に扱わなくったっていいんだ」

「いいえ、高弥坊ちゃんは父にとって大恩あるお宿の跡取りなのですから、どうして粗略に扱えましょう」

「大げさだなぁ」

思わず高弥の方が苦笑してしまう。

「忙しい時に悪いな」

「そんなことをお気になさらず、くつろいでくださいませ」

上辺《うわべ》だけではない気持ちが感じられた。壮助は客に対してもこのように接することができるのだろう。穏やかに、もてなしの気持ちを押しつけがましくもなく相手に伝えられる。壮助が迎えてくれるのなら、きっと客も嬉しいだろう。

「ありがとう」

つぶやいた高弥に、壮助は笑って応《こた》える。高弥は壮助ほどもてなし術が上手いわけではない。まだまだ精進の足りぬ己だとも感じた。

壮助が去った後、りょうの用意してくれた料理に手をつける。粥《かゆ》は卵でとじてあった。精がつくようにとのことだろう。

何から何まで、本当に世話になってしまった。嬉しい半面、迷惑もかけてしまっている。高弥は粥《かゆ》を味わいながらも複雑な心持ちであった。

その後、壮助が湯屋へ行こうと誘ってくれた。この界隈の湯屋ならば元助たちと顔を合わせることもないだろう。さっぱりと汚れを落としたいとも思ったので、高弥は共に出かけることにした。体には痣《あざ》がたくさんあったけれど、湯屋は暗いから、それほど気にならなかった。

湯を浴びてつぐみ屋へ戻る途中、高弥はふと壮助に訊《たず》ねてみた。

「そういえば、つぐみ屋の近くで倒れちまったら、お侍がつぐみ屋まで連れてってくれたんだ。暗かったし、顔もろくに見てねぇけど」

次に会ったらひと言、礼くらい言いたいものだ。そう思った高弥だったけれど、壮助は少しばかり難しい顔をした。

「お侍様でございますか。血気盛んな若いお侍様は、近くの妓楼《ぎろう》でよく酒盛りをされています。特にあの黒船のことがあってから、今後を見据えて議論することは多いのでしょう。ただ、そのお話が白熱し、冷めやらぬままのお侍様もいらっしゃいますから、どうぞご用心くださいませ」

武士といっても荒くれと変わらぬ浪人崩れもいる。そうそう刀を抜きはしないだろうけれど、町人風情《ふぜい》に親切にしてくれるとは限らない。用心してしすぎることはないと壮助は言うのだ。

世の流れがおかしい。それはそのうちに収まるものなのだろうか――

つぐみ屋の戸を閉めた暗い帳場格子の中に利兵衛がいた。ほんのりとした角行《かくあん》灯《どん》の灯りの中、そこに座って二人を迎える。

「ああ、おかえりなさい」

「ただいま、利兵衛」

下駄を脱いで板敷に上がると、利兵衛が控えめに声をかけてきた。

「高弥坊ちゃん、そろそろお話をお伺いしてもよろしいでしょうか」

あれだけずたずたになって倒れていたのだから、気にならないはずがない。高弥はひとつ息をつき、板敷の上に姿勢を正して座ると語り出した。

請状《うけじょう》を失くしたこと、菖蒲屋をあやめ屋と読み違えたこと、間違えたまま数日間あやめ屋にいたこと、そして追い出されたこと――

壮助も後ろに座って黙したままであった。利兵衛はうぅんと唸《うな》る。

語りながらも、高弥は案外平気になっていた自分に驚いた。こうして二人の間にいるからかもしれない。あやめ屋の連中とは違う、居心地のよい二人の雰囲気がある。

あやめ屋は、高弥たちとは相容れない。線を引いて住み分けなければならない場なのだ。

高弥は、あやめ屋が旅籠《はたご》である以上、客を精一杯もてなすべきだという、その自分の考えが間違っているとは思わない。それと同じように、元助もまた自分のやり方がおかしいとは感じていないのなら、どうしても相容れない。

「菖蒲屋さんの方はまだなんにも知らないままってわけでございますね」

壮助がぽつりと言った。

「あやめ屋とは、そんなにもひどい宿なのでございますか――」

利兵衛も愕然《がくぜん》としてつぶやく。高弥はがっくりと項垂《うなだ》れてうなずいた。薄闇の中、利兵衛が嘆息する。

「この先、菖蒲屋さんに入り直されるか、つばくろ屋へ帰られるか、高弥坊ちゃんはどうされたいので」

「それは――」

帰りたい。我が家であるつばくろ屋ほど優れた宿はそうそうない。高弥がここへ来て学んだことはその一点である。

けれど、そう容易《たやす》く帰っては父に呆《あき》れられるのも目に見えている。かといって菖蒲屋で奉公をしても、つばくろ屋よりも素晴らしいと思える気がしなくなっていた。こんな気持ちで奉公に上がるのも菖蒲屋に申し訳ない。

高弥はどう答えていいのかわからずに黙ってしまった。そうしたら、利兵衛がそんな高弥を気遣いながら告げた。

「その痣《あざ》だらけのお顔でお戻りになられますと、女将《おかみ》さんが卒倒してしまいますね。菖蒲屋さんに奉公に行くとしても同じでございます。どちらにせよ、その痣《あざ》が薄れるまではうちの宿でお休みくださいませ」

利兵衛の温情に、高弥は思わず泣き出しそうになって顔を歪《ゆが》めた。目元がズキズキと疼《うず》く。

「利兵衛、ありがとう」

「いいえ、高弥坊ちゃんのためにできることがある、それが私も嬉しいのでございますよ」

その言葉がありがたかった。

手伝えることは手伝いながら過ごそう、と高弥は心に決めて、利兵衛に頭を下げた。

つぐみ屋の土台には、利兵衛が学んだつばくろ屋がある。だからか、高弥にとってもつぐみ屋は働きやすいところであった。この腫《は》れた顔を客にさらすのも忍びないので、高弥はもっぱら台所仕事を手伝った。高弥が手伝わずとも、りょうは手際よく料理を仕上げていくのだけれど、高弥が作らせてほしいと頼むと断らずにいてくれた。

つばくろ屋を発《た》ってから、料理には一切携わっていない。包丁を握る久々の感覚に、高弥は自分でも驚くほど高揚しているのを感じた。

真新しい野菜や生きのいい魚を使い、真心を込めて料理する。面倒な下処理もすべて手を抜くことなく、丁寧な仕事を心がけた。

そうして、夕餉《ゆうげ》を利兵衛たち家族と共に台所で頂く。つぐみ屋の丁稚《でっち》である梅《うめ》吉《きち》は、小さくつぶらな目をさらに丸くした。

「美味《おい》しいっ。女将《おかみ》さんの料理も美味《おい》しいですけれど、どっちもすごく美味《おい》しいっ」

高弥が作ったのは、なんの変哲もないただの浅蜊《あさり》のむき身切り干しだ。せっかく身のふっくらとした浅蜊《あさり》に火を入れすぎて硬くならないように気をつけたくらいだろうか。

嬉しそうに食べてくれる、それだけで高弥の方こそ嬉しかった。

「高弥坊ちゃんの料理のお味は若旦那さん譲りですね。懐かしい」

と、利兵衛も味わって噛み締めてくれていた。

「つばくろ屋さんは料理自慢のお宿。わたしも腕を磨かなくては旅籠屋《はたごや》の女房として恥ずかしいって、若いうちは躍起《やっき》になったものでした」

りょうが料理上手であるのは、陰で精進したからなのだ。それを初めて知った。

「おれの腕はまだまだだから、ここ品川で修業したかったんだけどな――」

ついそんなことを言ってしまった。利兵衛たちがハッとしたのを感じ、高弥は慌てて沢庵漬《たくあんづ》けを齧《かじ》った。

話題を変えたかったのか、壮助も口を開く。

「そうそう、明日の晩は沢庵《たくあん》番の日でございますので、私は少々留守にしますね」

「沢庵《たくあん》番って――」

沢庵《たくあん》漬《づ》けの漬かり具合を見るのだろうか。たくさん並んだ樽《たる》を前に、じっと番をしている壮助を思い浮かべてしまった。

高弥がそう勘違いしたことを利兵衛はすぐに察したようだ。小さく笑うと箸を手に言った。

「高弥坊ちゃん、沢庵《たくあん》番というのは、この北馬場にある東海寺《とうかいじ》の夜番のことでございますよ。そこの普請《ふしん》用の木材の番で。沢庵和尚が放浪するのを防ぐための番だと誤解されたことから、夜番を沢庵《たくあん》番と呼ぶようになったんだとか」

あれだけ大きな名刹を放って出奔する和尚とはまた豪快な人柄であったようだ。

「最寄りの村からも沢庵《たくあん》番のために人足《にんそく》が集められるのでございます。助郷《すけごう》勤めと同じように、これも品川宿の労役ですが、他の宿場にはないここだけのことですし、高弥坊ちゃんが初めてお聞きになったのも無理からぬことですね」

確かに、板橋宿にもそんな労役はない。ところ変われば色々とあるものだ。

ここにしかないと思うと、どんなものなのかが気になる。本当に木材の番をするだけのことなのだろうか。東海寺は有名であるけれど、高弥は一度も訪れたことがなかった。どうせなら一度くらい見て回りたい。

「壮助、おれもついていっちゃいけねぇかな」

「本当にただ番屋に詰めているだけで、退屈ですよ」

「うん、それでも一度見てみてぇなって」

特に断る理由もなかったのか、壮助は軽く首をかしげただけだった。

「はあ、まあ高弥坊ちゃんがそう仰いますのなら」

「ありがとう」

つばくろ屋の皆にいい土産話《みやげばなし》ができそうだと、そのくらいの軽い気持ちであった。


万松山《ばんしょうざん》東海寺は、寛永《かんえい》十五年（一六三八年）に三代将軍徳川家光《とくがわいえみつ》が創建した寺で、その開山《かいさん》に沢庵宗彭を迎えたのが始まりである。御朱印領五百石を持ち、十七もの塔頭《たっちゅう》寺院が営まれたこともあった。

天保五年（一八三四年）に発行された『江戸名所図会《えどめいしょずえ》』によると、小堀遠州《こぼりえんしゅう》公による方丈の林泉は、庭作の規範となるほどの出来であったという。

火災に見舞われて全焼するなどの憂き目にも遭ったが、すぐさま再建され、更なる大伽藍《だいがらん》へと発展したのである。

高弥は宿の仕事を終えると、壮助と共に出かけた。壮助は提灯《ちょうちん》を手に先を歩く。高弥の痣《あざ》はまだ顔に残っているけれど、こう薄暗ければ目立たないだろう。

寺参りというのは、旅籠屋《はたごや》の暖簾《のれん》を潜《くぐ》るのとはわけが違う。東海寺ほどの領地を持つ寺であると、その参道はたいそう長く感じられた。

それとも薄暗さが手伝って、背面に抱えた山が寺をより遠く見せているのか。

寺は独特の雰囲気を持つ場であり、息をするのも恐れ多いような気になる。途中、作務《さむ》をこなしている雲水《うんすい》（禅宗の僧）たちとも出会った。皆、一様に頭を丸め、個としての主張をまるでしない。若輩の高弥や壮助にも丁寧に礼を尽くした挨拶をしてくれた。

あれは修行で身についた明鏡止水の境地なのだろうか。しかし、あやめ屋に来た御高祖頭巾《おこそずきん》の客もいた。すべての僧が堕落せずその境地に辿《たど》り着けるわけではない。

粛々として、この世とも思えぬ静けさだった。夜とはいえ、あの騒がしい宿場からそう遠からぬ場所にあるとは思えない。音を抜き、清らかな気に満ちた場を作るものは一体何であるのか、高弥には到底わかりそうもなかった。

ただ息を浅くして、壮助と共に歩いた。その間、話もあまりしなかった。厳かな場に喋り声は似つかわしくない。

少し開けたところまで来ると、高弥は息を整えながら薄暗い門構えを見上げた。ただの夜番にすぎないのに、世俗と切り離されたように思わせるのは、高弥がこうした場に不慣れなせいだろうか。

壮助が雲水《うんすい》に挨拶し、高弥も共に招き入れられた。そこで壮助はぽつりと言った。

「高弥坊ちゃん、ここはたいそう広いですから、はぐれてしまいませんように。私共が入ってはならない場所もたくさんありますので」

「わかったよ」

そうした場には錠前がかかっているか、雲水《うんすい》たちが見張っているか、不審な者は入れないようになっているのだろうけれど。

雲水《うんすい》たちは門のそばで静かに二人を見送った。

番屋はこの寺内に合わせて四つあるという。高弥がそこに行き着く前に、墨染《すみぞめ》の僧侶に出会った。ここへ来るまでに何人もの雲水《うんすい》に出会ったけれど、もうその顔も思い出せない。皆が一様に寺の一端となっているからだ。

それなのに、その僧だけは違った。何か余分なものがあるとでも言うべきだろうか。静かな佇《たたず》まいの中にも活力が感じられる。合掌低頭したその僧を、高弥は知っていた。

「あ――」

品川宿の僧侶に知り合いなどいない。そのはずであったけれど、あやめ屋で互いの名を教え合った、あの僧だったのだ。

想念――

確かそういう名であった。

高弥が気づいたように、想念も高弥に気づいた。そうして、にこりと微笑む。そんな笑みさえも僧侶らしくはない。思えば寺を抜け出して旅籠屋《はたごや》で話し込んでいるのだ。おおよそ僧侶らしからぬのも、当人が一番わかっていることであろう。

「高弥と申したな。何故《なにゆえ》ここにいるのやら。それから、その痣《あざ》」

壮助は二人が知り合いであったことに驚いたらしく、前と後ろを交互に見た。

「高弥坊ちゃん、想念様とお知り合いなので」

「うん、まあ、少ぅしだけ」

歯切れの悪い言い方をした高弥に、想念は訳知り顔でうなずいた。

「その顔は大方、元助にやられたのであろうな」

よくわかっている。

こんなことをする野蛮な男を、それでもいいヤツだと言えるのだろうか。高弥がギュッと唇を引き結ぶと、想念は壮助に向けて言った。

「壮助殿、高弥と少々話をさせてもらえぬだろうか」

「それは――高弥坊ちゃんがよろしければ」

嫌だと断りたかったけれど、言える雰囲気でもなかった。渋々、高弥は壮助に言った。

「わかったよ」

高弥がそう答えても、壮助は心配そうであった。そんな壮助に想念は告げる。

「話を終えれば番屋へ送っていくから、心配は要らぬよ」

はあ、と壮助はため息のような返事を返すと、高弥に軽く頭を下げた。

「では、高弥坊ちゃん、後《のち》ほど――」

壮助が去ってしまうと、手にした提灯《ちょうちん》の灯りも筋を引くようにして遠ざかる。想念はそれでも夜目が利くのか、危なげなく歩いていた。高弥も次第に目が慣れて月明かりだけでも想念の顔が見えた。

想念は壮助がいなくなった途端に、にやりと嫌な笑い方をした。僧侶としてのありがたみが薄れる。

「それで、尻尾を巻いて逃げてきたわけだな」

他に言い方はないのかと、高弥は唖然《あぜん》とした。けれど、想念はきっとわざとこういう物言いをしているのだ。

高弥は大きく息を吸い、それを吐き出して心を落ち着ける。

「おれが奉公先にと紹介された旅籠《はたご》は、あやめ屋じゃあなかったんで。間違えてあすこに行っちまっただけのようだから、いいんでござんすよ」

想念は高弥の言葉に満足しなかった。高弥を誘《いざな》い、ゆっくりと歩み出す。

「それはおぬしが逃げた理由ではないな。手違いであろうと一度奉公に上がった以上、去るのなら逃げたということだ」

逃げた逃げたと想念は言うけれど、あそこは高弥の居場所ではない。あんなところにいては駄目になる。そうではないのか。

「――逃げちゃあいけやせんか。あすこはおれがいるべき場所じゃあありやせん」

逃げたと思うのなら、思ってくれて構わない。それでも、高弥はあやめ屋を見限ったのだ。旅籠《はたご》とは名ばかりで、あそこにもてなしの心はないのだから。

高弥の歩調に合わせているのだろうか。想念は相変わらずゆっくりと歩む。そうして、くすりと笑った。

「おぬしのいるべき場所とは、おぬしにとって居心地のよい逃げ場のことかな」

意味がわからず言葉に詰まる。懸命に働いて、その挙句に殴られて追い出されれ――

散々な目に遭ったのは高弥の方だ。それなのに想念は高弥を責める。この僧は、親しい元助の肩を持ちたいがために高弥を貶《おとし》めるのだろうか。

しかし、顔を向けた想念の目には高弥を非難する色はなかった。

「あやめ屋のどこがどう悪いと思うのか、言うてみよ」

「どうって――おれの家も旅籠屋《はたごや》でございやすが、丁寧に心を込めて作った料理と真心尽くしのもてなしを心がけておりやす。それが、あやめ屋はすべてが違うんで。料理が美味《うま》くもなければ、もてなしも雑で、お客様に嫌なら出ていけとまで言っておりやした。あれじゃあ旅籠《はたご》としてあんまりでござんす。だからおれはいけないと、そう言いやした。そうしたら殴られて、二度と顔を見せるなと――」

語りながらあの時の悔しさが蘇《よみがえ》って、息が詰まった。そんな高弥に、想念はうなずく。

「そうか、それはよい家に生まれ育ったな」

「へい」

本当にそうだ。あんなにいい宿はない。今は心からそう思える。

けれど、想念が言いたいことはそれではなかった。

「よい家に生まれ、素晴らしい手本を間近に見て育ったおぬしは恵まれておる。それに気づかぬままのおぬしは傲慢だな」

「え――」

傲慢――あんなに殴られて顔を腫《は》らした高弥に言う言葉がそれなのか。

耳を疑い、開いた口が塞がらなかった。

それなのに、想念の声はどこか楽しげに響いた。

「おぬしはよいものに触れて育った。けれどな、あやめ屋の連中はそうではない。そのやり方ではいけないと言ったくらいでは伝わらんのだよ」

「つ、伝わらないとは――」

掃除をしろ、怠《なま》けるな、心を込めてもてなせ、料理が塩辛すぎる――これの何が難しいというのだ。

高弥は唖然《あぜん》としてしまった。

「おぬしほど、よい手本を知らぬのだ。いきなりやってきた新参者に貶《けな》されて、やり方を変えることなどないだろうよ」

しかしな、と想念は少し困ったように言った。

「あやめ屋はあのままでは潰れるだろうな。日増しにひどくなっていると気にはなっていたのだ。しかしながら、一介の僧侶が旅籠《はたご》の商いなどに口を挟めるものでもない」

「そんなの、聞き入れてもらえねぇんじゃぁ、おれだってどうにもできやせん。おれがいたって、あの宿は少しもよくなりやせんでした」

想念は、そこで足を止めた。さわさわと風が木々を揺らす音がした。

「おぬしはあやめ屋の皆と接する時、あやめ屋のことを心から案じていたかと問われたならばどうだ。自家と比べて、ここが違うあそこが違うと見下してはいなかったか」

「それは——」

すべてにおいてそうだ。あやめ屋とつばくろ屋を比べていた。

あやめ屋はひとつもつばくろ屋に勝るところがない。そんなふうに思った。

「だからだ」

と、想念は言った。

「おぬしはあやめ屋を莫迦《ばか》にしておる。それを皆が感じていたのだろうよ。まあ、殴るのはいけない。元助も無論悪いが」

——莫迦《ばか》にしていただろうか。

ていは主《あるじ》であるのに自分の心をしっかりと示せず、元助たち奉公人の顔色を窺《うかが》う。

元助は横柄で、座っているばかりだ。政吉は外回りを好み、宿の仕事をあまりしない。平次は気づけば怠《なま》けている。

それぞれがバラバラで、まるで違う方向を向いているあやめ屋。

呆《あき》れていた。好きではなかった。馴染《なじ》めなかった。

それを莫迦《ばか》にしていたというのなら、そうかもしれない。

「よい宿に奉公に行けば学べることはたくさんあるだろう。けれど、それ以上に、あのあやめ屋を立ち直らせることができたとしたら、おぬしにとっても得るものは大きいのではないか。あやめ屋は外からでは変えられぬ。楽な道に逃げるのではなく、立ち向かう気概を見せてみろと言ったら、どうする」

立ち向かえと、あの元助にか。それとも、もっと大きな何かにか。

そんなこと、自分にできるだろうか。今になってはっきりとわかる。自分はただの若輩者だ。世間を知らず、狭い宿の中で生きてきた。

そんな自分に一体何ができるだろう。

「無理――でござんす」

頭がついていけなかった。口が勝手に答えた。そうした感覚であった。

想念はそんな高弥を責めることもなく、不意に優しい目をした。ああ、諦めたのだ。高弥はその器ではないと。

心に風穴が空いたような気分になった。高弥は、自分が何故そう感じたのかもわからなかった。

「そうか。そうだな、無茶を言った。忘れてくれてもよい。おぬしはこれから実家に帰るのか、それとも、別の宿に奉公に行くのか。どちらにせよ、おぬしの選んだ道ならば自分を信じて進むがいい」

「っ――」

息が詰まる。想念は何も、高弥を責めているわけではない。

もとより無理なことを言っていると、想念は知っている。それでも口に出してみたのは、高弥を見込んだからなのであろうか。

「もう暗くなる。番屋まで送ろう」

袖を軽く振って、想念はそっとささやいた。高弥は上手く返事ができなかった。

想念に連れられ質素な番屋の手前まで来て、そこで別れた。想念は僧侶らしく合掌低頭して高弥に背を向けた。もう、会うこともないだろう。

番屋のささくれた畳の上で壮助は待っていた。その他にも数名おり、最初に話をした男は馬込《まごめ》から来たという。素朴な人柄であった。あれこれと話をしたというのに、高弥はそれをまるで覚えていなかった。

想念との話だけがいつまでも腹の底に凝り固まっている。心ここにあらずといった高弥を、壮助が心配してくれている気がした。

●

高弥はせっかくここまでついてきたというのに、そのまま番屋でうつらうつらと眠っていたのかもしれない。

夢にはまた祖父が出てきた。このところよく現れるのは、高弥が弱っているからだろうか。そんな高弥を、優しい祖父が気にかけて夢に出てきてくれるのかもしれない。

――あれは、麗《うら》らかな陽の差し込む縁側でのこと。高弥は祖父の膝の上にいた。あの時、高弥はまだ七つにも満たなかったのではないだろうか。

高弥はお八《や》つに饅頭《まんじゅう》を食べていた。甘い餡《あん》が包まれた小麦饅頭《まんじゅう》。しっとりとした餡《あん》が美味《おい》しくて、夢中で頬張っていた。

饅頭《まんじゅう》を食べる高弥の頭を、祖父は優しく撫で続けてくれていた。そんな中、饅《まん》頭《じゅう》の最後のひと欠片《かけら》を口に入れる時、高弥は寂しい気持ちになった。これを食べたら、饅頭《まんじゅう》はなくなってしまうのだ。

しっかりと味わって、高弥がすっかり饅頭《まんじゅう》を食べきってしまうと、祖父は自分の分を高弥に差し出した。

「高弥、これもお食べ」

高弥は美味《おい》しい饅頭《まんじゅう》をもうひとつ食べられる喜びに目を輝かせて、祖父を見上げた。そこには優しい好々爺《こうこうや》の微笑みがある。けれど――

「だめだよ。それ、じいちゃんのだもん。おいらが食べたらなくなるよ」

もちろん食べたい。美味《おい》しい饅頭《まんじゅう》だった。

けれど、だからといってすべて一人で食べていいなんてことはない。美味《おい》しいものは分け合うものだと母がいつも言っている。

だから、祖父からその喜びを奪ってはいけないと、幼いながらに思ったのだ。

すると、祖父は軽やかに笑った。

「いいんだよ。あたしはお前にあげたいんだから」

「もらってもいいの」

祖父は高弥に饅頭《まんじゅう》をあげたいと言う。今、饅頭《まんじゅう》を食べたくないということなのだろうか。腹が減っていないのかもしれない。高弥は喉を鳴らして唾を呑《の》んだ。

「じいちゃん、まんじゅう嫌いなのか」

こんなにも美味《おい》しいのに、嫌いなんてことがあるのだろうか。

そうしたら、祖父はまた笑った。

「いいや、大好きだよ。けれどね、あたしは饅頭《まんじゅう》よりも高弥の方がもっと好きなんだ」

「それ、どういうことなの」

高弥は首を真横になるまでかしげた。祖父は軽くうなずく。

「この饅頭《まんじゅう》をあげたら、高弥が喜ぶだろう。高弥の喜ぶ顔が見たいんだよ」

祖父はそんなことを言って、高弥の手に饅頭《まんじゅう》を握らせた。ふたつ目の饅頭《まんじゅう》が高弥の手の中にある。祖父は饅頭《まんじゅう》を失ったのに、嬉しそうに見えた。

「本当にいいの、食べても」

「ああ」

祖父がいいと言うのだ。それなら、これを食べたところで父や母に叱られたりはしないだろう。高弥はそう信じて饅頭《まんじゅう》にかぶりついた。やはり、饅頭《まんじゅう》は甘くて美味《おい》しかった。

高弥には仕合《しあわ》せな時が再び訪れる。饅頭《まんじゅう》を頬張る高弥の頭を、祖父はまた優しく撫でながら、

「人にはね、仕合《しあわ》せを感じるふたつの心があるんだよ」

ふと、そんなことを言った。

「ふたつって」

「うん、ひとつはね、こうして饅頭《まんじゅう》をもらえて嬉しいと感じる、今の高弥の心だ。これは誰もが感じることのできるものだ」

饅頭《まんじゅう》は美味《うま》い。だから高弥は仕合《しあわ》せだ。高弥はうなずいた。

「もうひとつはね、饅頭《まんじゅう》をあげたことで高弥が喜んでくれたから嬉しいと感じる、今のあたしの心だ」

祖父の言うことは、この時の高弥には難しかった。再び首をかしげた高弥に、

祖父はそれでも言った。

「与えられる仕合《しあわ》せを感じる心は皆が持っている。けれどね、与えることに喜びを感じられる人ばかりじゃあない」

例えば、この饅頭《まんじゅう》を高弥は福久にやれるだろうか。いいや、勿体《もったい》ない。自分で食べたいと思う。あげてしまって仕合《しあわ》せだとは感じない。

だから高弥は祖父の言葉がよくわからなかった。それでも祖父は、小さな花が咲く庭を眺めながらささやいた。

「もてなしも同じだ。お客様が喜んでくだすったら仕合《しあわ》せだという心がなければ、本当のもてなしなどできないんだよ。だからお前も、与えることに喜びを感じられるようになりなさい。宿のためだけじゃあない。お前自身のためにもね。ふたつの心で仕合《しあわ》せを感じ取れるようになれば、人よりも余計に仕合《しあわ》せになれるからね」

与えることの喜び。

誰かのためにできることがあるのは幸いなこと。

いつしか、受け取ることにしか喜びを感じられない自分になっていたのだろうか。

頑張っているのに、認められない。皆、自分に続いて動こうとはしてくれなかった。

理不尽だ、不公平だと、心は不満で苛立《いらだ》った。

そう、高弥もまた未熟であったのだ。それに気づかず、自分だけがまともな振りをしてそこにいた。共に変えていこうと手を差し出したのではない。

この宿のために――そんな気持ちがあっただろうか。

では、その心があればどうなのだ。あやめ屋の人々は変わるだろうか。高弥と共によりよい宿にしようと動いてくれただろうか。

それを確かめろと。

今になって思い出したのは、祖父がお天道様《てんとうさま》のように高弥を導いてくれているのかもしれない。


「――高弥坊ちゃん、そろそろ帰りましょうか」

壮助の声に高弥はハッとして目を覚ました。番屋の板壁にもたれたまま眠っていた。これでは何をしに来たのかもわからない。気恥ずかしくて高弥は頭を掻《か》いた。壮助は苦笑する。

「お疲れになったのでしょう。このところ色々とございましたから」

「いや、ちっと夢を見ていた」

「夢をですか」

明け方になり、番屋にはもう誰もいなかった。高弥たちが最後のようだ。

高弥は立ち上がり、ようやく空が明けようかという中を壮助と歩いた。まだ暗さは残るけれど、これから徐々に暑くなっていくと思わせる初夏の風が吹いていた。

「なあ、壮助」

「はい」

「おれ、菖蒲屋へ行くのはやめておくよ。せっかく利兵衛が話をつけてくれたのに、ごめんな」

そうつぶやいた。壮助は少しだけ眉を下げる。

「では、板橋宿に戻られるのでございますね」

つばくろ屋へ。あの居心地のよい宿へ。

——いつかは帰る。あそこは高弥の居場所であり、継ぐべき家なのだから。

けれど、それは今ではない。

「いいや、まだ帰らねぇさ」

軽くかぶりを振ると、高弥は決意を込めて口を開いた。

「もう一度だけあやめ屋へ戻ってみようかと思う」

壮助は目を瞬《またた》かせた。それも無理からぬことである。

けれど、口に出して形にした時点でこれは取り消すことのできない高弥の意志となる。もう決めたのだ。家族に恥じないよう、せめて自分で定めた時をあやめ屋で過ごそうと。

「高弥坊ちゃん、どうされたのですか。あんな目にお遭いになったというのに」

「うん、おれのやり方もいけなかったのかもしれねぇ。もしかすると、違うやり方があるのかなって。そう思わせてくれることがあったから、もう一度と思うんだ」

怖くはないかと言えば、怖い。元助にまた殴られるだろう。やめておけと思う心もある。

それでも、これが祖父であったならどうだ。きっと上手くことを収めた。父ならば腕を認められ、母は皆を笑顔にしただろう。

それならば、自分は。

自分にできることはなんだ。

それを探しに行く。

「お止めしても行かれるのですね」

心配そうに壮助が言うので、高弥は痣《あざ》の残る顔で笑った。

「壮助に止められたら甘えたくなっちまうから、止めねぇでおくれよ」

「うちのおとっつぁんがなんと言いますやら」

と、ため息交じりに壮助はぼやいた。


利兵衛はもちろん手放しで喜んではくれなかった。

「そんな荒っぽい番頭のいる宿に大切な坊ちゃんをお預けするなど、つばくろ屋の若旦那さんや女将《おかみ》さんになんと言えばいいのでしょう」

「何も言わなくていいよ」

「坊ちゃんっ」

利兵衛が目を回した。それを壮助がすかさず支える。二人には余計な気苦労をかけて悪いとは思うけれど。

「ごめんな、利兵衛。それでもおれは逃げなかったって、胸を張ってつばくろ屋に帰りてぇんだ」

しょんぼりとつぶやいた高弥に、利兵衛は濃い顔を福笑いのように歪《ゆが》めた。

「あまりご無理はなさいませんように。逃げてはいけないとご自身を追い詰めすぎてはいけません。逃げ場はここにあります。このつぐみ屋に逃げてきてくださってもよいのですよ」

「またそうやって甘やかす」

高弥が苦笑すると、それでも利兵衛は言った。

「高弥坊ちゃんが御身《おんみ》を大切にしてくだされば、それでよいのでございます。くれぐれも加減をお間違えになりませんように」

「ありがとう」

優しい人たち。この人たちは心から高弥を案じてくれている。それがひしひしと伝わる。

この心が高弥にはなかった。客を案じることはあったけれど、あやめ屋のことを案じたりはしていなかった。

これからは見方を変えて、少しずつ進んでいけたらいい。

●

そうは言ったものの、北本宿をさらに北に進むにつれ、高弥の足は重たくなった。風呂敷包みを持つ手に力が入る。

二度と顔を見せるなと言われた。顔を出しただけで元助は怒るだろうか。

それでも、しっかりと謝れば許してくれると信じたい。

こんな思いをしてまで戻るべきなのか。やめておくのならば今のうちだ。

弱い心も急に消えるわけではない。そんな自分を支えるのは、血であろうか。

あの祖父の、父の、母の、立派な人たちの血を受け継いだ自分なのだ。きっと乗り越えられると。

「――よし」

深く息をつき、高弥はあやめ屋へ向けて大きく足を踏み出した。

あやめ屋の構えはあの日と変わりなく薄ぼんやりとしていた。看板の文字も、相変わらず上手くもない字で薄く書かれているのみである。外れかけた瓦も直されていない。

高弥は震える手を握り締め、踏ん張り、勢いで暖簾《のれん》を潜《くぐ》り抜けた。

「御免くださいっ」

潜《くぐ》り抜けた先には、やはり元助がいた。帳場格子の中で膝を立て、ぷかりと煙草《たばこ》を吹かしている。客引きを始める時刻には早い昼四つ（午前十時）。それでも暇を持て余している場合ではない。

元助は高弥を見るなり、普段から険しい顔をさらに険しくした。番頭とも思えぬ仁王像のような形相である。

「二度とその面《つら》ぁ見せるなと言ったんだがな。聞こえなかったか」

どすの利いた低い声である。カン、と灰吹きに煙管《きせる》を打ちつけると、元助は風に揺れる柳のように立ち上がった。土間に立つ高弥とでは立ち位置が違い、余計に見上げる形になる。元助の後ろにはていが、志津が、政吉と平次が集まってきていた。

高弥は手に持っていた風呂敷包みを土間に落とすと、そのまま膝を突いた。そうして、その場に正座をする。

「――なんの真似だ」

元助が吐き捨てる。高弥は一度歯を食いしばり、それからなんとか声を絞り出した。

「お詫びに参りやした」

あぁっ、と元助に威嚇された。けれど、ここへ来る前からこうした言動が返ることはわかっていた。今さら驚くことでもないはずだと、高弥はなんとかして己を落ち着ける。

「あの時は言いすぎて、すいやせんでした」

手を突いて低頭した。痛いほどの沈黙は、そう長くは続かなかった。

「その面《つら》を見せるなって言ってんだ。さっさと失《う》せな」

冷え冷えとした元助の声が突き刺さる。それを和らげてくれたのはていだった。

「こっちこそ悪かったね。でも、もういいから気にしないどくれ」

もういいから、早く帰ってくれというふうに聞こえた。元助の機嫌を損ねたくない、波風を立てないでくれと。

それを感じながらも、高弥は言った。

「それで――おれをもう一度このあやめ屋に置いてください。おれにできることをしていきてぇんで」

「はぁっ、てめぇは何をほざいてやがる。ふざけてんじゃねぇぞ」

見下ろされ、高弥はそれでもうつむかずにいた。今、目を逸らしたら、もう顔を上げられない。それでも、心《しん》の臓《ぞう》が握り潰されたように縮んだ。

「帰る家があるんだから、無理をしてここにいなくったっていいんじゃないのかい」

ていが控えめにそう言った。高弥はそれでも動かなかった。

「おれが奉公に上がるはずだった旅籠《はたご》は、このあやめ屋じゃあありやせんでした。ここの暖簾《のれん》を潜《くぐ》ったのは、間抜けなおれの勘違い。――でも、間違えたとしても、それがご縁だったと思いやす。もう一度、お頼み申しやす」

手を突いて、額を土間に擦《こす》りつけるほどに頭を低くした。

何故そうまでするのだと、自分に問いかける声がする。けれど、そんなことは考えなくていい。

決めたのだ。自分が決めたからやるのだ。理由《わけ》はそれで十分だ。

「しつけぇな。出ていけ」

すげなく元助は言う。それでも、高弥は粘った。汗がひと雫《しずく》、ぽたりと土間に落ちる。

そんな時、ていがそっとつぶやいた。

「そんなにも言うなら、あたしは構わないんだけど――」

ていの目が元助に向いている。そんなことは見なくてもわかった。

「女将《おかみ》さん、こいつはこの宿を莫迦《ばか》にしてやがるんで」

やはり、元助にはそれがわかっていたのだ。高弥はぐっと拳を握って顔を上げた。

「おれは傲慢だと想念様に言われやした。それがわかったから、このままじゃいけねぇって。もう一度、一からやり直させてください」

あの糞坊主《くそぼうず》が――と、元助が唸るように零す。

「あいつがなんと言おうと、てめぇはこの宿には合わねぇんだよ。さっさと大好きな実家に戻りゃいいだろうが」

それでも、高弥は引かなかった。心のうちで退路を断ったのだから。

「何がどう合わねぇのか教えてください」

元助の苛立《いらだ》ちが目に見えた。また殴られる覚悟もした。けれど、高弥が殴られる前に、またていが間に入ってくれた。

「あ、あの、しばらく様子を見てあげたらどうだろう。どうしてもいけないのなら、またその時に暇を出すからね」

これ見よがしなため息が聞こえたかと思うと、元助はていに言った。

「女将《おかみ》さんがいいのなら、わかりやした。好きになさってください」

「元助――」

見上げる高弥に、元助はぎらつく目を向ける。

「その代わり、またふざけたことをほざいたら叩き出す」

「――へい」

かすれた声で高弥は返事をした。

こうして再び、高弥は『あやめ屋の高弥』となったのである。まだ恐ろしく、逃げたい気持ちも抱えている。それは容易に消し去れるものではないけれど、そんな気持ちも認めた上で打ち克《か》っていけたらいい。

高弥は心の中で祖父に告げる。

人のために何かをする――その喜びを感じられるように心を鍛えるから、と。

●

高弥は奉公人部屋で風呂敷包みを解くと、中から襷《たすき》を取り出した。それを手早くかけ、ひとつ深く息をついて気を引き締めた。そうして、梯子段《はしごだん》を下りていく。

平次の、奇怪な生き物を見るような目つきが向けられた。高弥は笑いかける。

「もう一度、よろしくお願い致しやす」

返事も忘れて平次はあんぐりと口を開けた。元助はもう何も言わずに帳場格子の中で煙草《たばこ》を呑《の》む。

高弥がここを離れていた数日間、誰も身を入れて掃除をしなかったのだと見て取れた。それに対して何かを言うでもなく、高弥は箒《ほうき》を手に表を掃《は》いて打ち水をした後、室内用の箒《ほうき》に持ち替えて宿中を掃《は》いて回った。

そうして、昼餉《ひるげ》の茶漬けを掻《か》っ込む。短い休息を終えると、高弥はまず台所へ行き、笑みを浮かべてていと志津に向けて言った。

「すいやせん、一品でもいいんで、おれに料理をさせてください。それが不味《まず》いとお客様に言われたのなら、もう台所仕事は諦めやす。一度だけ試させてください」

畳の上に手を突き、丁寧に頭を下げる。自分の方が上手くできる、そんな驕慢《きょうまん》な心ではなく、幼い頃から教わった料理で人に喜んでもらいたい、そうした気持ちで頼んだ。

志津は困ったようにていを見た。ていは、かすかに苦笑らしきものを浮かべていた。

「じゃあ、昆布揚げでも作ってくれるかい」

昆布揚げとは、その名の通り昆布と油揚げの煮物である。高弥は顔がゆるむのを止められなかった。

「へいっ。ありがとうございやすっ」

高弥があまりに嬉しそうにするからか、ていと志津の方が戸惑ってしまったようだ。ただ、この狭い台所に三人は要らない。ていは静かに身を引いた。

「高弥が作ってくれるなら、あたしは少ぅし休ませてもらうよ。お志津、下ごしらえができたら呼んでおくれ」

「あい、女将《おかみ》さん」

志津はうなずいてていを見送った。台所に高弥と志津、二人だけがいることになる。

「お志津さん、あの時は庇《かば》ってくだすってありがとうございやした」

あの時とは、高弥が元助の怒りに触れて殴られていた時のことである。

志津は困ったように、それでも表情を和らげた。

「どうして戻ってきたりしたの。高弥さんはここじゃなくても他所《よそ》でだって働けるし、何より実家の旅籠《はたご》があるのに」

「叱られたのはおれがいけなかったんで。だから、やり直したくて」

「いけなかったって、でもあんな――」

志津は高弥を心配してくれているようだった。それでも高弥はこうして志津と話していると、戻ってこなければ志津に礼も言えなかったなという気になった。だったら、やはり戻ってよかったのだ。

けれどそれが上手く言えなくて、なんとなく話を逸らす。

「ええと、昆布はどこにありやすか」

「――その笊《ざる》の下、桶の中よ。水で戻してあるでしょう」

志津が言うように、台の上にあった油揚げの載った笊《ざる》を持ち上げてみると、桶の中に大きな昆布が泳いでいた。高弥は笑ってうなずく。

「お志津さん、包丁とまな板をお借りしやす」

「ええ、どうぞ」

志津はまだ何か言いたげにしていたけれど、諦めて桶の中の野菜をより分け始めた。八百晋のものだろう。茄子《なす》は綺麗に光っていた。

「へい、じゃあお先に」

油揚げと昆布を刻む、ただそれだけのことに高弥はどうしようもなく胸が躍《おど》った。楽しいし、嬉しい。やはり自分は料理が好きなのだ。あの父の子なのだから、血は争えないと少し可笑《おか》しくなる。

上機嫌で昆布を刻む高弥を、志津は不思議そうに見ていた。

竈《かまど》に火を入れ、鍋で昆布と油揚げを軽く炒める。それから、昆布の浸かっていた戻し汁をザッと加えた。その時、志津が驚いて声を上げた。

「それ、入れるの」

「使うと美味《おい》しくなるんで」

そう、父に教わった。戻し汁には昆布の旨味が流れ出しているから、使うといい味を引き出せると。

江戸では鰹出汁《かつおだし》が主流である。昆布そのものは食べるけれど、出汁《だし》という使い方はあまりされない。それは勿体《もったい》ないことである。

酒、砂糖、醤油《しょうゆ》、塩――

味を調《ととの》えていく。白米に合わせる菜であるのだから、相応に味を濃くしなくてはならないけれど、味が濃いから美味《うま》いと思えるほどに人の舌は雑なものではない。

しっかりと煮詰めて、そして冷めた時の味も見越して仕上げた。あたたかいよりも冷めてからの方がより美味《うま》く感じられるだろう。

高弥は満足すると、志津に向けて言った。

「できやした」

「高弥さん、楽しそうね」

そう苦笑された。高弥も照れ隠しに笑ってみせた。

「へい、楽しく作らせて頂きやした。じゃあ、女将《おかみ》さんにお知らせしてから、他の仕事にかかりやす」

高弥が台所を抜けると、そこに元助がいた。何をするにも元助は宿の一番目立つところにいるのだから、いちいち目が合う。

恐れていてはいけない。この元助が宿の要《かなめ》であることは間違いないのだから。

高弥がにこりと笑うと、元助は眉根を寄せて顔を背《そむ》けた。この元助のよいところとはいったいどこにあるのだろう。想念にそれを訊《たず》ねておけばよかった。

いや、訊《たず》ねたところで想念は教えてくれなかっただろう。そうしたことは他人に訊《たず》ねることではなく、己が探し、見つけてこそ意味を成すのだと。

しかし今は、それが何よりも難しいことに思えた。

高弥は軽く頭を下げ、梯子段《はしごだん》を上がってそこからていに声をかけた。

「すいやせん、女将《おかみ》さん。料理は仕上げやした。おれはこれから掃除をさせて頂きやす」

もごもごと小さな声が返った。多分、ありがとうと返したのだと思う。障子を隔てているせいか、それがいつも以上に小さく感じられた。

それから梯子段《はしごだん》を下り、裏手の井戸へ回って水を汲んだ。その水で畳や板敷を丁寧に拭いて回る。忙しく体を動かすのは嫌いではない。

政吉も平次もどこにいるのかよくわからなかったけれど、気にしないことにした。

高弥がこのあやめ屋から離れていた数日の間に何かが変わるわけもなく、八つ時（午後二時）の志津の呼び込みの声は弱々しかった。しかし、焦ってはいけない。今はまだ、万全とは言えない状態のあやめ屋である。大勢の客を十分にもてなすことはできないから、多くは望まずにいよう。

今日の客は中年の夫婦であった。この宿に夫婦者が多いのは、留女《とめおんな》のしつこい客引きがないからであろうか。細身の夫と姿のよい妻。この夫婦は武家のようだ。高弥はここを訪れてくれた二人に感謝を込め、大切に荷物を運び、部屋へと案内した。

その二人に、高弥の作った料理を味わってもらうことになったのだ。献立は、豆腐田楽《でんがく》、揚げ出し茄子《なす》、昆布揚げ、塩鯵《しおあじ》、豆腐の味噌汁――何度か目にした料理である。もしかすると、ていが作れる料理には限りがあるのかもしれない。

膳に箸をつける客たち。高弥は畳の端に控え、昆布揚げが食されるのをじっと待った。

つばくろ屋で客に料理を出したことはある。それでも、その時以上の緊張感であった。

味つけはあれでよかっただろうか。切った昆布の幅は太すぎただろうか。食べにくくはないだろうか。

これでいいと思って仕上げたものが、急に不安になる。身が縮む思いでいる高弥のことなど誰も気に留めない。

夫婦は料理を口に運び、そうしていつものごとく眉をひそめた。ていの料理は塩辛い。わかっているけれど、今の高弥にはすべてを作らせてもらうことはできないのだ。

その夫婦のうち、先に昆布揚げに箸をつけたのは妻の方であった。最初のひと口目では何も変わりがなかった。塩辛い菜の後に何を食べても味の差がわからないのだろう。

しかし、次々と口へ運ばれていくのは高弥の作った昆布揚げであった。美味《おい》しいと感じてくれているのだろうか。

黙々と動く箸に高弥はぼうっと見惚《みほ》れていた。夫の方も、気づけば昆布揚げの入っていた小鉢が空《から》になっている。高弥はもう、それだけで嬉しかった。平らげてくれた二人にありがたい気持ちが湧いて、涙が滲《にじ》みそうであった。

ていの料理はすべて残されずに食われることの方が稀《まれ》である。今日もまた、ふたつの膳には豁《かじ》りかけの豆腐田楽《でんがく》が残されていた。

「馳走でした」

妻女が品よくささやく。

「昆布のお菜がたいそう美味《おい》しゅうございました」

そのひと言に、高弥は体が痺《しび》れるほど感激していた。けれど、他の料理を作ったていや志津がどう思うのか、それも少し気になった。だから手放しで喜んではいけないと自分を抑える。

しかし、ていは気分を害したふうでもなかった。

「お気に召して頂けて何よりでございます」

いつもと変わりない様子でそう答えていた。


その後のこと――

奉公人たちが台所でそろって夕餉《ゆうげ》を食べる。高弥の作った昆布揚げを最初に食べたのはていであった。それを元助が横目で見遣った。ていは静かに昆布を食《は》み、そうして飲み込むと言った。

「あら、美味《おい》しい。お客様がお褒めになるわけねぇ」

ていが箸をつけたので、志津も政吉も平次も食べた。元助だけは他の菜から黙々と食べている。高弥は皆が何を言うのかが気になった。けれど、皆は何も言わなかった。

　元助の手前、下手なことを言いたくないのかもしれない。そんな中、ていだけはそっと笑っていた。高弥は料理を褒めてくれたていに頭を下げた。

「ありがとうございやす。おれ、料理が好きなんで」

　料理が上手くできるのは、それを教えてくれた父がいたからだ。何もかもが自分の力であるわけではない。

「料理が好きだなんて、すごいわねぇ。それなら明日もお願いしようかね」

　ていはあっさりと言った。あまりにあっさりとしているから、高弥の方が驚いた。元助も手を止めている。

　ていは、少し恥ずかしそうに笑った。

「あたしは苦手さ。あたしが作った料理が美味《おい》しくないのはわかっているけど、どうしても苦手なんだよ」

　向き不向きというものがある。ていにとって料理はその不得手なものの一番手なのかもしれない。

　元助はもう口を挟まなかった。それが、高弥の料理を食べて納得してくれたが故のことであればいいのだけれど。元助が駄目だと言えば、このあやめ屋では通らない。だからそのところに高弥はほっとした。

皆、黙々と食べ、気づけば膳の上の小鉢は空《から》になっていた。ていの料理でさえ平らげるあやめ屋の奉公人たちである。高弥の料理を美味《おい》しいと思ってくれたのかどうかはわからない。それでも、残さずに食べきってくれたことに高弥は感謝した。

●

それから、高弥は続けて料理をさせてもらえるようになった。

高弥の料理の評判は上々で、それが高弥にとって大きな喜びであった。膳の料理が残されることはほぼなくなり、美味《おい》しかったと客から言葉をもらうことも増えたのだ。

つばくろ屋では珍しくもなく、美味《おい》しかったと褒められることなどざらにある。けれどそれは父の腕であり、高弥は手伝っていたにすぎない。だから、褒められた父を誇らしくは思うけれど、どこか胸の奥に引っかかりを残した。

それが、ここでは高弥自身が腕を振るっている。褒められたのは高弥なのだ。それが何より嬉しかった。

ていは高弥が料理をしてくれるのならと、台所に立つことが減った。高弥は気ままに料理ができて嬉しいけれど、これではいけないとも思う。高弥が作るだけでは、いざ高弥が去った時、あやめ屋は元通りになってしまう。しかし、女中の志津に教えたところでいつまでもここにいるとは限らないのだ。

ていが少しでも料理に興味を持ってくれたらいいとは思うのだけれど、それも難しそうだ。嫌々作っても、やはり美味《おい》しくはならない。

「高弥さん、高弥さんがなるべく台所にいられるように、わたしが掃除を頑張るわ」

不意に志津がそんなことを言ってくれた。料理をするからといっても、高弥が掃除をしないでいるわけにはいかなかった。忙しく働く高弥を見て、志津はそう言い出してくれたのだ。それは高弥の仕事ぶりを認めてくれているからこその言葉である。

「ありがとうございやす、お志津さん」

照れて笑う高弥に、志津も笑って返す。

志津は高弥と共に仕事をするうちに以前よりも動きがよくなり、高弥が何かを言わなくても先に仕事を探してくれるようになった。気持ちが前へ向いていると、そう言ったらいいのだろうか。

ただし、そんな志津とは違い、政吉も平次も変わらない。高弥や志津の負担を軽くしようと動いてくれることはなかった。それでも、志津が変わり始めたように、いつか他の皆もと願ってしまうのは欲張りすぎだろうか――


そうして、夏は少しずつ秋へと移ろう。

秋になれば、品川沖に上方《かみがた》から船で新酒がやってきて、新川《しんかわ》の酒問屋は我先にと酒樽の積み替えを行う。軽子《かるこ》たちが四斗樽《しとだる》（七二リットル）を運び込むさまも含め、品川では秋の風物詩である。酒好きな江戸っ子たちには待ち遠しい季節なのだ。

この時、高弥があやめ屋に戻ってからひと月ばかりが過ぎていた。水無月《みなづき》に終わりを告げ、文月《ふづき》（七月）へと差しかかる。日増しに風の違いを肌で感じるようになった毎日を、高弥はそれでも忙しく立ち働いた。

朝から高弥が表を掃《は》いていると、暖簾《のれん》を抱えた元助が表に出てきた。元助は座ってばかりいるけれど、朝、宿先に暖簾《のれん》をかけることだけは他の誰にもさせない。これは番頭の仕事だと思っているのだろう。

暖簾《のれん》をかけ終えるといつも、元助は少し離れてあやめ屋の下手糞《くそ》な看板を眺める。字が読みづらい、薄い、と、あんなに見つめていて気づかないわけもないだろうに、眺めては無言で宿の中に戻るだけであった。

その日の昼餉《ひるげ》の後、高弥は今日の夕餉《ゆうげ》の菜は何にしようかと考えながら井戸端で鍋を磨いていた。藁縄《わらなわ》でガシガシと鍋底を磨くのに必死すぎて、いつの間にか平次の影が高弥にかかっていることにも気づかなかった。

「――おい」

声をかけられてようやく気づく。

「へ、へい」

顔を上げると、平次は高弥を覗き込むのをやめてそばにしゃがんだ。いつもは高弥に寄りつきもしないので、差し向かいのこの距離で話すのは珍しいことである。平次はどこかしょんぼりしていた。いつもよりもずっと目が細くなる。

「どうかしやしたか」

高弥が控えめに訊《たず》ねると、平次はさらにうつむいて言った。

「あのさ、お前に頼みがあるんだ」

「え――」

「おいら、大事なものを失くしちまって、一人じゃ探せねぇんだ。それで、お前なら一緒に探してくれんじゃねぇかって思えて」

平次が高弥に頼み事をするなんて、初めてのことである。高弥に頼むほどだから、よほど困っているのだろう。そこまで困っているのなら、見過ごしては男が廃《すた》る。

「何を失くされたんですかい」

訊《たず》ねると、平次は一度高弥を見て、それから地面に顔を向けたまま答えた。

「守り袋だ。亡くなったあやめ屋の旦那さんが皆にそれぞれくれたんだ。親のいねぇおいらには旦那さんが親みてぇなもんだったから、形見だと思ってる。いつも肌身離さず首から提げてたんだけど、気づいたら紐が切れてて――」

声が徐々に力を失っていく。形見の品とあっては、同じものを買い求めてもいけない。それでなくては意味がないのだ。

「どの辺りで落としたか覚えておりやすか」

「――昨日に限って色々と出かけたんだ。湯屋に行って、神社にも行った。それから、少し茶屋で休んで、海を見てから帰った」

仕事もせずにほっつき回っていたことを今言っても仕方がない。その守り袋をまず見つけなければ。小さなものだから、見つけ出せるかどうかわからないけれど、もしかするということもある。

「平次さん、その守り袋の色は何色で」

「藍の、品川神社の守り袋だ。女将《おかみ》さんが裏においらの名前を縫ってくれてある。なあ、一緒に探してくれるか」

「わかりやした」

「うん、ありがとな」

平次はほっとしたように息をつきながら言った。けれど、またすぐに肩を落とした。

「なあ、おいらが守り袋を失くしたこと、誰にも言わねぇでほしいんだ。失くしただけでも不義理だってのに、もし見つからなかったら――」

女将《おかみ》さんに合わせる顔がないと思うのかもしれない。皆がそれぞれ大事に持っている守り袋を自分だけが失くしたという引け目を、これから平次は抱えていかなくてはならなくなる。それは気の毒なことだ。

「じゃあ、上手いこと言って外へ行かせてもらいやす。夕餉《ゆうげ》の支度に間に合うように戻らなきゃいけないんで、急ぎやしょう」

「う、うん」

鍋をすすぐと、水気を切って高弥は台所へ戻った。鍋を拭いて竈《かまど》に置き、そこにいた志津に告げる。

「すいやせん、お志津さん、買い忘れたもんがあったんで、ちっと行ってきやす。夕餉《ゆうげ》の支度には間に合うように戻りやす」

「そうなの。気をつけてね」

志津は疑うことなくうなずいた。嘘は心苦しいけれど、これも人助けである。そう自らに言い聞かせて高弥は土間から外に出た。

平次は品川神社まで詣《もう》でたという。そこまで行って帰ってくるだけで結構な時を要する。急がねば間に合わない。

旅人たちや荷を載せた馬が行き交う街道を、高弥と平次は駆け足で進んだ。最初に立ち寄ったという湯屋まで来ると、平次は言った。

「あのさ、一番遠いのは品川神社だから、そっちとその他のところとで手分けして探した方がいいんじゃねぇかなって」

一人では探せるところも限られる。平次はもとからそのつもりで高弥に頼んだのだろう。

「神社はまっすぐ参拝してすぐ帰ったけど、それ以外に寄り道したから、神社の方が遠くても探しやすいと思うんだ。高弥、悪《わり》ぃが神社の方を頼んでもいいか」

「おれ、道がよくわかりやせん」

「こっちの道をまっすぐ行きゃあいいだけなんだ。品川神社は源頼朝《みなもとのよりとも》公が建てたっていう、古《ふり》ぃ神社だから、誰に訊《き》いたって教えてくれんだろうよ」

「へい。じゃあ行ってきやす」

「すまねぇな」

平次が悲しそうに言うから、高弥はもう何も言えない。

走り出した高弥は、人混みの中で一度平次を振り返った。平次はびっくりして立ち尽くす。そんな平次に向かって声を張り上げた。

「見つかるって信じやしょう」

平次は何度もうなずいた。高弥は今度こそ立ち止まらずに品川神社へ向けて駆け出した。

高弥も失《う》せ物探しには苦《にが》い思いをした。何せ、利兵衛からの文《ふみ》と請状《うけじょう》を失くしたのだ。あの心細さを知っているから、見つけてやりたい気持ちが強かった。

人様のためにできることがある。そのことに喜びを感じる自分になれと祖父は言ったのだから、平次のために駆け回るのもそう悪いことではないはずなのだ。

――とはいえ、慣れない道を小さな守り袋ひとつを探して駆け回るのは、そう容易《たやす》いことではなかった。道中《どうちゅう》で落としたのかもしれないと思うと、下を見ては人にぶつかって謝り、その都度《つど》、こんな守り袋を見なかったかと訊《たず》ねた。それを何度繰り返しただろうか。

片道だけで思ったよりも時を費やしてしまったのだと気づいたのは、時を告げる鐘の音を聞いたからである。このままでは日が暮れてしまう。

品川神社でハッとして空を見上げた高弥は、焦る気持ちを抱えつつ賽銭箱《さいせんばこ》のそばで身を乗り出していた。すると、その背に声がかかる。

「何をしているんだね」

厳しい声だった。賽銭《さいせん》泥棒にしか見えなかったのかもしれない。

振り返ると、箒《ほうき》を手にした皺《しわ》の深い男が立っていた。神社の者だろう。

高弥は慌てて手を振った。

「あ、いや、守り袋を落としちまって、それを探していたんで。この辺りで、藍色の『平次』って名前を入れてある守り袋を見やせんでしたか」

「名前の入った守り袋なぁ、わしは見なかったが、ひとつ訊《たず》ねてきてやろう」

「ありがとうございやすっ」

参拝客を避けつつ、男は素早く去っていった。その間にも高弥は地面を這うようにして下ばかり向いていた。だからその男が戻ってきたことに気づかなかった。

「守り袋はいくつか落ちていたが、名前の入ったものはひとつもなかったそうだ。ここではなく他所《よそ》で落としたのではないかね」

そう声をかけられ、高弥は目に見えて落胆した。

「そうかもしれやせん――。お手間をおかけしてすいやせんでした」

がっくりと肩を落とした高弥に、男は気遣うように言った。

「それほど大事にしていたのなら、神仏は守り袋を失くしたことを咎《とが》めずにいてくださるだろう。そう気を落とさぬようにな」

「――へい」

自分のものならそれでいい。けれど、守り袋は平次の大事なもの。形見の品なのだ。そんなふうに割りきれるものではない。

このままではいけない、このままでは間に合わない。夕餉《ゆうげ》の支度をしなくてはならないのに――

それをわかっていても、足があやめ屋へ向かない。仕事をほっぽり出して何をやっていると父なら怒ったかもしれない。いつ何時《なんどき》も客のために料理を作らなくてはならない。どれだけ平次が悲しみ、気落ちするとしてもだ。

己が料理人であるという自負があるのなら。

「――わかっちゃいるのに」

そう独り言《ひとご》ち、歩き回ったせいで汚れた足の砂を払った。

帰らないといけない。それでも、帰れない。体が引き裂かれそうな思いをしながら、高弥はなんとか帰り道を進む。けれど、その間も守り袋のことで頭がいっぱいで、夕餉《ゆうげ》の献立さえ吹き飛んでいた。自分はいつまで経っても半人前なのかもしれない。

街道の旅人は随分減った。それもそのはずで、辺りは薄暗い。その暗さが高弥の気分をさらに重くした。

平次はまだ探しているのだろうか。自分だけ戻って悪いけれど、これ以上宿に迷惑をかけられない。どうしてもというなら明日またつき合おう。

足は砂まみれな上にくたくたで、汗が滴《したた》る。心《しん》の臓《ぞう》が罪悪感でギリギリと痛んだ。

疲れが高弥をいつも以上にみすぼらしく見せていることだろう。

高弥はあやめ屋の暖簾《のれん》を潜《くぐ》らず、薄灯りの漏れる台所の戸を外から開いた。

「遅くなってすいやせんっ」

飛び込んですぐに頭を深く下げて謝った。そこにいたのはていと志津だ。二人は目を丸くした。

「高弥さん、こんな時分までどうしたの」

志津に問われたけれど、平次との約束があるから言えない。高弥は口ごもってしまった。

すると、襷《たすき》をかけたていが苦笑した。

「まあ、いいじゃないか。今日はあたしたちで支度をしたし、高弥が見当たらないってわかったら平次も手伝ってくれたんだから」

フフ、とどこか嬉しそうに笑い声を零《こぼ》す。

それに反して、高弥は驚きの声を上げてしまいそうになった。

平次が手伝うとは、台所仕事をか。それに、平次は高弥よりずっと早く帰ってきていたということらしい。自分が失くした守り袋を探すのに、もっと躍起《やっき》にならないのか。その前に、大事な形見を失くしたのに、のん気に台所の手伝いなどしようと思うものだろうか。

高弥に探させているから、その代わりにというつもりだったのか、その真意はわからない。

ただなんとなく、やり場のない思いがくすぶった。

平次と話をしなければと思う。


配膳をすると、ていの塩辛い料理に客は顔を歪《ゆが》めていた。今日も高弥が作ればよかった。そのつもりであった。今日の泊まり客には申し訳ない気持ちになる。夕餉《ゆうげ》の席で平次と顔を合わせた。けれど、平次は高弥を見なかった。皆の前では話ができない。仕方なく黙って塩辛い豆腐田楽《でんがく》を齧《かじ》った。

すると、元助がそんな高弥に言ったのだ。

「てめぇ、仕事をほっぽり出して出かけてたらしいじゃねぇか。いつも偉そうな口を利きやがるくせに、半端なことしてんじゃねぇよ」

吐き捨て、そうして塩辛い味噌汁を啜《すす》る。元助に、高弥は言い返すことができなかった。ちらりと平次を見ると、平次は下を向いて飯を食っていた。

庇《かば》ってくれるでもない。けれどこれは高弥が手伝うと承知したことであるから、責められるのも仕方がないのかもしれない。

「――すいやせんでした」

頭ではわかっていても、こめかみがギリギリと痛んだ。謝るのも悔しかった。さらに元助の舌打ちが高弥に刺さる。ていは、何事もなかったかのように振舞い、追及しなかった。たまには息抜きをしたかったんだろう、くらいに思っている。

自分はそう容易《たやす》く仕事を投げ出すつもりではなかったけれど、そんなこと、今さら言うだけ虚《むな》しい。言ったところで言い訳にしかならないのだ。

高弥はていの料理を食《は》みつつ、辛いとも思えなくなった。味わえないほどに心が掻《か》き乱されて、やり場のない思いが込み上げてくるのだった。

後片づけをする間、高弥はあまり喋らなかった。ほぼ無言で、けれど手早く食器を片づけていく。鍋を洗おうと井戸へ行くと、裏手でひっそりとした声が聞こえた。

「――お前なぁ、そういうやり方はやめておけよ」

それは政吉の声だった。

「なんでですか。政きっつぁんだって、あいつのこと気に入らねぇんじゃありゃせんか」

平次がそう答えていた。高弥はハッとして足を止めた。鍋を持つ手が尋常でないくらい震えた。

「それでも、あんまりにも卑怯《ひきょう》なやり口《くち》は好きじゃねぇ」

「卑怯《ひきょう》って、そういう言い方しなくったって――」

「嘘ついて騙《だま》したんなら卑怯《ひきょう》だろ。お前に頼まれて探し物を手伝ったから帰ってこれなかったんだってあいつが誰かに言ったら、お前の立場だって悪くなるんだぞ」

嘘。

形見の品なんて最初からなかったのか。それなら見つからないわけだ。目の前が暗くなったのは、日が暮れたせいばかりではない。

好かれていないのはわかっていたはずだ。いつも嫌な顔をされていた。新参者のくせにという目で見られていた。

その平次を信じ、下駄の歯をすり減らして駆け回った自分が莫迦《ばか》なのか。

「あいつはいい子ぶってるから言いつけやしやせん。夕餉《ゆうげ》の時だって、元助さんに叱られても言わなかったじゃねぇですか」

声に侮蔑が混ざる。

大事なものを失くして困っていたから、気の毒だと思った。力になれたらと、疑う気持ちなど持たなかった。善意が踏みにじられて怒りは沸々と湧いてくる。

鍋を持つ手に力がこもった。

その時、政吉が動いた。暗がりに立ち尽くしていた高弥と目が合う。すると、平次がそれに気づき、とっさに政吉の陰に隠れた。政吉は少し厳しい顔をして平次の首根っこをつかんで前に押し出すと、無言で宿の中に戻った。巻き込まれるのはまっぴらだというのだろう。

平次は――怯《おび》えていた。

嘘が露見したから、高弥が激昂《げきこう》すると身構えている。その姿に、高弥の頭は冷水を浴びせられたようにすぅっと冷えていった。

一度は許そう、そう思ったのは、高弥自身も間違えたことがあるからだ。自分が正しいとばかりに皆を見下した。それが傲慢であったと気づいたから、謝った。誰しも一度は間違う。莫迦《ばか》なことをしてしまう。だから、一度は許す。けれど、懲りずに繰り返すなら、平次はその程度の男なのだとその時に見限るかもしれない。

高弥は暗がりの中、そんな平次に笑ってみせた。

「守り袋、失くしたんじゃなくてよござんした。おれ、明日はもう手伝えやせんから」

きっと、面と向かって怒りをぶつけられるより薄気味悪かったことだろう。平次は何も言えないようで、慌てて宿に駆け込もうとした。その背中にさらに言葉を投げる。

「平次さん」

平次は恐る恐る振り返る。高弥は笑顔を張りつけたままで言った。

「おれのこと気に入らねぇのなら、気に入らねぇって真っ向から言ってくれていいんで。女将《おかみ》さんたちやお客様に迷惑をおかけするのはやめておきやしょう」

それだけはわかってもらわねばと思った。平次は顔を歪《ゆが》めただけで、返事をせずに去った。

高弥は井戸から水を汲み上げ、鍋を磨きながら心を落ち着ける。

「――水、冷てぇな」

ぽつり、とつぶやいた。板橋で育った高弥に、この品川の水は合わない。だからといって、品川の水が高弥のために変わってくれるわけではないのだ。高弥の方が品川の水に馴染《なじ》むしかないだろう――


鍋を洗い終わって戻ると、粗方の仕事を終えていた志津が待っていてくれた。

「ありがとう、高弥さん」

「――いえ」

今日は志津にも迷惑をかけてしまった。そんな心苦しさがあって目を合わせられない。

すると、志津はそっと笑った。

「高弥さんが戻れなかったのには、ちゃんと理由《わけ》があったのよね。だって、高弥さん仕事が好きだもの。大事な仕事を放り投げたりしないって、毎日の仕事ぶりを見ているわたしにはわかるから」

褒められたくてここに来たわけではない。認められずとも、自分に恥じない仕事をしていこうと決めた。

けれど、今、それを見ていてくれた志津の言葉に、高弥は言いようがないほどの嬉しさを感じた。こんなことで喜んでいるうちはやはり半人前なのだろうけれど、それでもささくれた心が癒やされる。

「ありがとう、ございやす。お志津さん」

気を抜くと涙が滲《にじ》みそうだった。

平気だと心の中で唱えたからといって、少しも傷つかずにいられるわけではない。そうしてやり過ごそうとするだけのことだ。

今、高弥は己が思う以上に参っていたのだ。だから、志津のこのひと言に救われたような気がした。

ううん、と言ってかぶりを振った志津に、高弥は深く感謝した。

まだ、頑張れる、と。

威張った元助にも平次の嫌がらせにもめげず、高弥はあやめ屋で働いた。煙たがられてはいたけれど、堂々と胸を張って働けばいいと自分に言い聞かせる。それができるのは、高弥の仕事ぶりをわかってくれる志津と、料理を食べてくれる客のおかげであったかもしれない。

そうして、自分がここにいる間に少しでもあやめ屋をよくしようと思う高弥は、夕餉《ゆうげ》の席でていに向かって切り出した。

「ところで女将《おかみ》さん。あの看板、新しくしちゃあどうでしょう」

その途端、ていは驚いて目を瞬《またた》かせた。高弥の考えが唐突に思えたのかもしれない。

けれど、高弥はずっと考えていた。暖簾《のれん》を新しくするように、看板も古びたら替えるべきだろう。客が読みにくいような看板を掲げていては、あやめ屋はいつまでも変われないような気がするのだ。

高弥は箸を茶碗の上に置き、膝の上で拳を握って続けた。

「ちっとばかし読みづれぇかと思います。思いきってどうでしょう」

すると、ていが答える前に元助は乱暴に箸を下ろして立ち上がると、高弥の襟をつかみ問答無用で張り飛ばした。ここで殴られると思っていなかった高弥は、身構えることもできず畳の上に転がった。

「げ、元助、殴っちゃいけないよ」

おろおろとしたていの声がするけれど、高弥は痛みで頭が働かなかった。元助はどうしてこう、口よりも先に手が出るのだ。

「高弥は何も知らないんだから」

「わかりやした」

ていが止めるから、渋々といった様子で元助が答えていた。なんとか身を起こした高弥を元助は見下ろして凄《すご》む。

「おい、二度とふざけたことを言うんじゃねぇぞ」

「――へい」

口の中で血の味がする。心配そうな顔つきの志津と、にやけそうなのを堪《こら》える平次、そして呆《あき》れている政吉が目の端に入った。

台所で後片づけをする間、志津が冷やした手ぬぐいを高弥の頬に当ててくれた。その冷たさに、カッカしていた頭も一緒に冷えたような気がした。

「すいやせん、お志津さん」

志津は気にするなとばかりにかぶりを振る。二人だけの静かな台所に、ていがほとんど音を立てずに入ってきた。

「高弥、すまなかったねぇ」

「いえ」

ていが落ち込んで見えて、高弥はそうとしか答えられなかった。

「あのね、元助が怒ったのは、あの看板が大事なものだからなんだよ」

それならばそうと言えばいいのに。理由《わけ》も話さずに殴る、困った人だ。

「あの看板、旦那さんが書かれたんでしたね」

志津がそう言ったから、高弥はハッとした。

ていの亡くなった亭主が書いたのなら、それこそ形見なのだ。二度と同じものは書けない。唯一無二の、ただひとつの看板である。ていの思い入れの深さはどれほどのものだろう。

　それを元助は知っていて、わかっていて代わりに怒ったのか。

　悪いことを言ったと、高弥の顔に出ていたのかもしれない。ていはくすりと笑った。

「あの人らしい字なんだよ。癖があって読みにくくって、でも見ていると妙な味があって――」

　語るていの目は、正面にいる高弥や志津を見ているのではなく、その後ろに亭主の影を追っているように感じられた。

「勇肌《いさみはだ》で、困っている人は見過ごせなくて、頼りないあたしのことをいつも引っ張ってくれていたんだ。元助たちもあの人をえらく慕ってくれていて、それがあるからあの人がいなくなった今もこの宿にいてくれるのさ」

　ていが主《あるじ》として強くものを言えないのは、自分は亭主の代わりでしかないと思うからか。元助たちが慕う主《あるじ》は死んだ亭主であり、自分ではないから、と。

　高弥はどう答えていいのかもわからず、ただていの語りを聞いていた。

「あの人、近場で起きた火事の時、火を消しに行って怪我人を助けに火の中に自分から飛び込んだんだって。あの人らしいって思うけど、でも、遺《のこ》されたあたしたちはそれを呑《の》み込むのに随分かかっちまったよ」

あの看板を眺めては、元助たちもかつての主《あるじ》を思い起こしている、いわばよりどころであるとしたら、高弥の言葉は腹立たしいものであったのかもしれない。殴られたことに納得するわけではないけれど、ほんの少しだけ理由を知れてよかったとは思った。

「わたしがあやめ屋に来た時にはもういらっしゃらなくて。けれど、旦那さんにお会いしてみたかったものですね」

志津がていを気遣いながらそっと告げた。高弥もそう思う。

当時のことはわからないけれど、ていの亭主がいたなら、このあやめ屋は今のような姿ではなかっただろうから。

「それならあの看板、大事にしなくちゃいけやせんね」

高弥がぽつりと零《こぼ》すと、ていは穏やかに、けれど少し寂しそうに笑った。

その時、高弥の頬に当てていた手ぬぐいを志津が外した。

「高弥さん、痣《あざ》になっているわ。もうすぐ藪入《やぶい》りなのに、この痣《あざ》、消えるかしら」

志津のその言葉にギクリとした。痣《あざ》のある顔などで実家に帰ったら、母がどれだけ心配するだろうか。もう行かなくていいと言い出しやしないかと考えてしまう。

むむむ、と唸《うな》りながら高弥は考えた。

「おれ、藪入《やぶい》りには家に帰りやせん。品川の知り合いのところに行きやす」

この痣《あざ》を見せたくない。だから藪入《やぶい》りはつぐみ屋でやりすごそう。高弥はそう決めたのだった。

そうしていざ藪入《やぶい》りになると、高弥以外は皆、どこへもいかなかった。元助も政吉も、帰る家がなかった。このあやめ屋の誰もが他に行く当てがないのだ。そのことを高弥はこの時になって初めて知った。

高弥も残るべきかとは思ったけれど、つぐみ屋に厄介になると頼んでしまったので、今さらやめるとも言いづらかった。

それに、実家のつばくろ屋にもつぐみ屋に行くと文《ふみ》を書いてしまったのである。気後れしつつも高弥は、藪入《やぶい》りに一人だけあやめ屋を離れることになった。

「――じゃあ、女将《おかみ》さん、皆さん、ありがたく藪入《やぶい》りのお暇を頂きやす」

宿先で、ていはゆるく首を振った。

「ええ、しっかりと休んでまた頑張っとくれ」

「へい」

元助たちはもう高弥が戻ってこないと思っていやしないだろうか。逃げ出すと思われたくはない。だから、高弥ははっきりと言った。

「ちゃんと戻りやす。また皆さんにおれの料理を食べて頂きてぇんで」

勢いよく頭を下げ、それから高弥は振り返らずに北本宿へ向けて歩いた。潮の匂いを目一杯に吸い込み、手をかざして空を見上げた。それは明るい、晴れやかな空であった。


久方ぶりのつぐみ屋。

利兵衛たちは笑顔で高弥を迎え入れてくれた。丁稚《でっち》の梅吉は藪入《やぶい》りでいない。利兵衛たち家族三人のみである。けれど、その三人の顔が高弥の顔の痣《あざ》を見た途端に強張《こわば》った。

「た、高弥坊ちゃん、そのお顔はっ」

利兵衛が濃い顔を歪《ゆが》めておののく。高弥は頬を掻《か》きながらつぶやいた。

「うん、ちっと。今回は大したことねぇさ」

「大したことがないと。痣《あざ》になっておりますが」

壮助もうろたえていた。そんなつぐみ屋の皆に高弥は言う。

「気苦労ばっかりかけて悪《わり》ぃけど、おれはまだ頑張れるから。くれぐれもつばくろ屋の方におれのことを書いた文《ふみ》を出したりしねぇでくれよ」

利兵衛が絶句した。それを庇《かば》うように、りょうが口元に手を添えて笑う。

「ええ、そりゃあ。ねえ、おまえさん」

「あ、ああ、そうだとも」

釘を刺してよかった。利兵衛は文《ふみ》を書くつもりでいたのではないだろうか。つばくろ屋の皆は高弥が菖蒲屋で奉公していると信じている。そこにわざわざ波風を立てたくはないのだ。

しかし――

藪入《やぶい》りに帰らなかったこと。これがいけなかった。

帰らぬ倅《せがれ》を案じた母が使いを寄越したのである。その使いはまず利兵衛のもとを訪ねたのだが、利兵衛は隠し通すこともできずに高弥の居場所を白状してしまったのであった。

●

藪入《やぶい》りを終えて数日が経ったある日、高弥はあやめ屋の宿先に、いるはずのない男の姿を見た。お天道様《てんとうさま》は真上に来ているというのに、自分がまだ寝ぼけているのかと思わず目を擦《こす》った。そんな高弥に、縞《しま》のお仕着せ姿のつばくろ屋番頭はふと目元を和らげた。

「高弥坊ちゃん、事情は利兵衛さんにお聞きしましたよ」

「と、藤助」

本物の藤助であった。ところ変わろうと、背筋をしゃんと伸ばし、相変わらずの佇《たたず》まいである。

「藪入《やぶい》りにも戻られないのでございますから、女将《おかみ》さんが心配なさって当然です。

それにしても、こうやこしいことになっておられるとは――」

呆《あき》れられても仕方のないことをしていると、高弥自身が思う。

高弥の背に、元助が不審な目を向けているのを感じる。ここはしっかりと藤助の身元を明かしておいた方が後腐れがなさそうだ。

振り向き、帳場格子の中で煙草《たばこ》を呑《の》んでいる元助に高弥は言った。

「あの、こ、これはうちの旅籠《はたご》の番頭で藤助といいやす。怪しいもんじゃねぇんで」

元助はフンと軽く笑っただけである。実家から奉公人が出張《でば》ってくるなど、高弥にとって恥ずかしいことでしかない。いつまでも尻に殻をつけた雛鳥《ひなどり》のようだ。

「高弥坊ちゃんがお世話になっております。こちらは旦那様より預かりました佃《つくだ》煮《に》でございます。皆様でお召し上がりくださいませ」

丁寧な所作で藤助は風呂敷包みから小さな壺を取り出し、そうして板敷の上に置いた。

「ああ、ありがとうございやす」

そう言いつつも、元助は煙管《きせる》を置かない。藤助の眉がぴくりと動いたから、高弥の心《しん》の臓《ぞう》が縮み上がった。

「藤助、ちょいとこっちにっ」

高弥は藤助の腕を引き、あやめ屋の裏手の井戸まで引っ張っていった。すると、藤助は余所《よそ》行きの様子からいつもの藤助になった。

「高弥坊ちゃん、どうして利兵衛さんの薦めた旅籠《はたご》に行かれなかったのでございますか。後で気づいたのなら、何もここへ戻ることはなかったでしょうに」

などと言って嘆息する。

「そんなの、一度関わったんだから、途中で投げ出すよりはここでやり遂げてぇんだ」

そう言った高弥を、藤助は奥の深い目でじっと見据えた。ここで揺らいではいけないと、高弥は足に力を込めて踏ん張った。

「おとっつぁんやおっかさんには、おれは元気でやってるとだけ伝えてくんなよ」

顔の痣《あざ》はいい加減に薄れ、それほど目立たないはずだ。藤助はふと表情を柔らかくした。

「高弥坊ちゃんがそれほど仰るのでしたら、奉公人の私から申し上げられることはございません。ただ、旦那さんには本当のことを告げさせて頂きます。旦那さんが女将《おかみ》さんに話されるかどうかはわかりませんが」

父は母に言うだろうか。心配をかけるのがわかるから、言わないような気がする。藤助もきっと、父は母に言わないと思うからこういう言い方をするのではないだろうか。

「帰ったら、おっかさんにもちゃんと話すよ。それまで待っていておくれ」

今はまだ、何も心配は要らないとか、そんな大口は叩けない。手探りの今、高弥自身もそう言って自分を落ち着けたようなものであった。

「それでも、くれぐれもお気をつけて」

藤助は、高弥を労《いたわ》りつつそう言ってくれた。苦笑する顔には、二親《ふたおや》とは違うけれど親のようなあたたかさがある。高弥はうんと言ってうなずいた。

その時、あやめ屋の裏手の戸がカラリと開いた。手に桶を持った志津が立っている。

「あ、お志津さん」

高弥は志津にも藤助を紹介しようとした。藤助は志津があやめ屋の女中と察してにこやかに微笑む。

「あやめ屋の方で。いつも高弥坊ちゃんがお世話になっております」

志津は聞いているのかいないのか、ぼんやりと虚《うつ》ろな目をしている。どこか様子がおかしい。そう高弥が思った時、志津が手にしていた桶が地面に落ちて転がった。

「あ、あの――」

高弥がとっさにその桶を拾うと、志津は口元を押さえて両目を潤ませていた。

「はい」

志津が藤助を見上げて声を震わせている。藤助もこれには驚いたようだった。

志津は切れ切れにつぶやく。

「あの、七年前、日本橋でわたしと会ったのを覚えていやしませんか」

目に見えて、志津がカタカタと震えている。

「日本橋――ああ、あの時の。小さかったお嬢さんが、ご立派になって」

藤助が懐かしむように答えた。日本橋で出会ったという。確か藤助の実家がその界隈であった。

「わ、わたし、立派なんかじゃゃ――」

志津は感極まった様子で首を振る。

「そんなことはございません。家族を亡くして、たくさんつらい目に遭ったというのに、立派に生きているじゃあありませんか。よく、辛抱された」

高弥の奉公先と思うからか、藤助は女中の志津に対しても終始丁寧であった。

置いてけぼりを食らっている高弥に、藤助は苦笑する。

「いえ、藪入《やぶい》りの時に実家のそばで泣いている子供がいて、話を聞いたんです。そうしたら、親兄弟も亡くした上、奉公先は厳しく、生きるのがつらいと。つき添って奉公先へ連れていったのですが――そこはあまり評判のよい店ではなくて、嫌なら出ていけと放り出されてしまいました。私が口を挟んだせいもあるかと、うちの身内に頼んで他の奉公先を世話してもらった次第で」

藤助は優しい男だから、見て見ぬ振りもできなかったようだ。最後まで世話をしたかっただろうけれど、板橋に戻らねばならないから、身内の者に後を託したのだ。そんなことがあったとは知らなかった。

「藤助らしいな」

思わずそう言うと、藤助は少し笑ってかぶりを振った。

志津が生きる気力を取り戻すきっかけをくれた恩人というのが藤助のことだとすると、高弥もすんなり納得できた。そこで二人が出会えてよかったと思う。そうでなければ、志津は生きる気力を失ったままだったのだから。

藤助が高弥をよろしく頼むと告げて去ってからも、志津は気が昂《たかぶ》っている様子であった。ずっと心《しん》の臓《ぞう》を押さえ、肩で息をしている。

「お志津さん、平気ですかい」

思わず高弥が井戸端で訊《たず》ねると、志津は横顔をくしゃりと歪《ゆが》めた。

「まさかまた会えるだなんて、思ってもみなかったから――」

「お志津さんの恩人がうちの藤助だなんて、世間は狭《せめ》ぇもんでござんす」

「そうね。会えて嬉しかったわ」

そう言って頬を染めて笑った志津は、年相応の娘らしく、それは高弥の目にもたいそう可愛らしく映った。

けれど、その志津が気落ちすることがあった。

地揺れではない。それとは別のこと――


七月二十六日。

その日は年に一度の『二十六夜待《にじゅうろくやまち》』であった。大木戸のある高輪の海岸で、明け方近くになってやっと顔を出すような月を、早いうちから夜を徹して待つのである。その月光に阿弥陀仏《あみだぶつ》と観音菩薩《かんのんぼさつ》と勢至菩薩《せいしぼさつ》の三尊が現れるとされた。人々が多く集まるところには商売が絡む。たくさんの屋台が立ち並び、月を待つ人々の口を楽しませた。

その高輪に近い品川もまた海に面しており、月がよく見えるために賑わってている。かの歌川広重《うたがわひろしげ》も品川での月見を最上とし、『月の岬』の絵を遺《のこ》した。

しかし、高弥は二十六夜待《にじゅうろくやまち》を楽しむゆとりなどなかったのである。宿が忙しかったからではない。

あの、高弥があやめ屋へ来てすぐに訪れた御高祖頭巾《おこそずきん》の男が再び訪れたのだ。

「ああ、旦那。いらっしゃいませ」

いつもは愛想の欠片《かけら》もない元助が、御高祖頭巾《おこそずきん》の客人には少しばかり表情をゆるめる。それに反して顔を強張《こわば》らせるのが志津だ。そう、芝から志津を目当てに来るという僧侶である。

この客はいつも足元を汚していない。途中まで駕籠《かご》を使っているのだろう。

今日も客のために客間を丁寧に拭き清めた高弥は、障子の陰でその様子を見ていた。

高弥も初めとは違い、この客人の正体も知った。何を求めてこの宿を選ぶのかも。だから、この客人を心からもてなすことは難しかった。高弥もまた、顔を強張《こわば》らせてしまっていた。

御高祖頭巾《おこそずきん》の隙間から、客人は一度だけ高弥を見た。けれど、すぐにまた志津に目を向ける。志津が硬い仕草で履物を脱がせた。高弥はやきもきするばかりであった。

その後、台所に二人で戻ってきた時、志津が涙ぐむのを、高弥は胸が抉《えぐ》られるような思いで見つめた。

「お、お志津さん」

不安げな志津に、高弥はどう声をかけていいのかわからない。

「前に来た時、次は覚悟を決めておくようにって言い残して帰ったの。聞こえない振りをしてやり過ごしたけど、でも――」

声にした途端、志津の目から涙が溢《あふ》れて、高弥はギクリと固まってしまった。

これはもう、志津だけであしらえることではなくなってしまっている。

高弥は心苦しく聞きながらも、自分にできることはないかと考えた。これはやはり、元助を説得することでしか避けられない。

しかし、元助はあの僧侶を上客と位置づけているような気がした。堕落した僧侶ではあるが、金離れがいいからだろうか。

高弥は思いきって元助に意見することにした。きっと殴られる。それを覚悟してでも言わなければならない。元助に殴られるよりも志津に泣かれる方がよほど痛いのだ。

泣いている志津を台所に残し、高弥は帳場の前に膝を突いた。その途端――

「なんの真似だ」

いきなり凄《すご》まれた。緊張が汗になって流れる。それでも高弥は言った。

「あの、お志津さんの具合があまりよくねぇんで、今日はゆっくり休ませてやってください」

「はぁっ」

元助の声が耳に刺さる。けれど、ここで引いてはいけない。か弱い女子《おなご》が泣いていて、その泣いている理由もわかっているのだから、捨ててはおけない。

「だから、ゆっくり休ませてやってください。お志津さんだって色々とあるんで」

「なんだ、月のものか」

あっさりと元助は言う。高弥の方が赤面して口ごもってしまった。

「い、いや、そこは知りやせん」

すると、元助はフン、とそっぽを向いた。

こんなだから、志津は元助に相談できずにいるのだ。高弥はじわじわと頭に血が上るのを感じた。

「同じ宿で働く間柄でござんしょう。もう少し労《いたわ》ったっていいんじゃあありやせんか」

ぼそりとつぶやくと、やはり元助は高弥を睨《にら》んだ。

「今度ふざけた真似をしたら叩き出すって言っておいたはずだがなぁ」

「おれはふざけちゃおりやせん」

「じゃあ、今すぐ泊まり客を三人ばかし捕まえてきな。そうすりゃ旦那が帰っても潤うだろうよ」

元助はそう吐き捨てる。

やれと言うならやってやる、と高弥はカッとなった勢いで答えた。

「わかりやした」

心底面白くないと言わんばかりに、元助は顔をしかめる。

「できもしねぇ安請け合いなんざすんじゃねぇよ」

高弥は、自分に落ち着けと言い聞かせながら、ぐっと拳を握った。

「お客様を三人お連れしたら、間違いなくお志津さんを休ませてください」

幼い頃、藤助にかけられた言葉を頼りに生きてきた志津。先に逝った家族のもとへ行きたいと幾度となく思い、それに耐えてここまで来た。

そんな志津だから見過ごせない。ただ、そうした心を元助が酌《く》んでくれるわけではなかった。

元助に背を向けて台所に戻ると、志津に言う。

「お客様をあと三人連れてくれば、お志津さんはあの旦那のところへ行かなくていいって元助さんが約束してくれやした。だからおれ、今からひとっ走り行ってきやす」

高弥は、志津はほっとするだろうと思った。そのために言ったのだ。

それなのに、志津は瞠目《どうもく》して口元を押さえた。

「高弥さん、元助さんと喧嘩しちゃ駄目よ。今度こそ本当に追い出されるわ。こんな時分にあと三人もお客様を呼び込めるわけがないじゃない」

「なんとか気張りやす」

力強くうなずく。けれど、志津は納得しなかった。

「駄目よ。——わたしが弱音なんか吐いたから、高弥さんに気を遣わせてしまってごめんなさい。いいの、平気よ。今回もきっとなんとか乗りきれるわ」

平気だと繰り返したからといって、不安が消し飛ぶわけではない。

力になりたい。その強張《こわば》った顔に高弥は言った。

「――お志津さん、身寄りがねぇからって、なんでも堪《こら》えるこたぁありやせん。そうだ、つらくなったら板橋へ行きやしょう。うちの宿で働いてくれたらいいですから。その、あんまり堪《こら》えてばっかりいねぇで、危ねぇと思ったら大声出してくれたらすぐに駆けつけやす」

ここを出ても行く当てがないと我慢するばかりなら、逃げ場を用意してやりたい。今の高弥はただの小僧でしかないけれど、心細い志津に手を差し伸べられる男ではありたいと思う。かつての藤助のように。

すると、志津は――笑った。

「ありがとう、高弥さん。わたし、頑張るから、元助さんと喧嘩しないで。高弥さんが出ていってしまったら寂しいから」

そうして、覚悟を決めた志津のために高弥ができることは、元助に謝ることだった。謝りたい気持ちはなかったけれど、志津の心労が減るように謝った。元助はそれに対し、しつこいことは言わなかった。志津の気持ちをわかっていたなんてことは、きっとないと思うけれど。

どんな時でも仕事は仕事としてこなさなくてはならない。高弥はざらつく自分自身の心を置き去りにしなければ、料理をすることなどできなかった。

淡々と料理を仕上げていく。わかめの味噌汁、目刺し鰯《いわし》、やっこ豆腐、金平牛蒡《きんぴらごぼう》、ひじきの煮つけ――

「この金平《きんぴら》、美味《うめ》ぇな。今まで食った金平《きんぴら》の中で一、二を争うぞ」

もう一人の客である四十路《よそじ》ほどの男が、高弥の作った金平《きんぴら》をたいそう褒めてくれた。

「ありがとうございやす」

そう答え、頭を下げる。その間も志津のことがずっと気になっていた。だから、夕餉《ゆうげ》の後始末が終わっても、高弥は休まずに台所にいた。いつでも助けに走る覚悟はしていた。

けれど、宿の中はしんと静かで物音もほとんどしない。暗がりの畳の上で高弥がぼうっとしていると、そこへ志津がやってきた。

「高弥さん、もしかして待っていてくれたの」

志津の顔は暗くてよく見えなかった。けれど、声は穏やかに聞こえた。

「へい。どうせ気になって眠れやせん」

するると、志津は高弥の隣に座り込んだ。ほんのりと微笑んでいるのが見えた。

「わたし、きっぱりと気持ちを強く持って話したわ。多分、わかってくれたと思う。高弥さんのおかげね」

「おれは、何も――」

何かをできたとは思わない。むしろ、できなかった。志津が危機を退けたというなら、それは自分で打ち克《か》ったのだ。

志津は音もなくかぶりを振る。

「高弥さんが励ましてくれたから。ありがとう」

胸の奥に志津の声が響く。高弥では、藤助ほどに頼りにはならないけれど、それでも真剣に力になりたいと思った。その心が少し報われた気がした。

ふと、想念の言葉が蘇《よみがえ》る。

相手を案じる気持ちが大事なのだ。その心があれば相手に伝わる。それがなければ誰も、何も動かせないものなのだと。

「お志津さんが頑張ったからでござんす。でも、本当によかった」

頭の芯が痺《しび》れるように疼《うず》く。それは極度の緊張から解放された安堵であったのだろう。

翌朝、皆で客を送り出した後、皆が宿へ引っ込むと、高弥は雑踏に紛れていく御高祖頭巾《おこそずきん》の僧侶を一人で追った。ほんの数軒分だけ進んだところで呼び止める。

「あのっ」

心《しん》の臓《ぞう》がうるさく喚《わめ》く。手には滴《したた》るほどの汗をかいていたけれど、顔にそれらを出したくなかった。

「お志津さんは家族を亡くしてから気張って生きてきやした。苦労した分だけ仕《し》合《あわ》せにならなくちゃならねぇお人だから、それをどうかわかって頂きてぇと思いやす」

勢いよく頭を下げた。こんなことで済むのなら惜しくはない。志津のほっとした顔が見たいから、そのためにするだけのことなのだ。

すると、御高祖頭巾《おこそずきん》の裏側からくぐもった声が返った。

「ここ品川ではそんな娘はごまんとおる。何もお志津だけが殊さらに不仕合《ふしあわ》せなわけではない」

声も作り声めいていた。けれど、その声で言ったのだった。

「しかし、あれが自身で望み、貫く、そうした生き方を選ぶのであれば、もう言うべきことはない。私もなびかぬ女子《おなご》になど用はないのでな」

志津がしっかりと己の考えを伝えられたというのは本当のようだ。僧侶の言葉に、高弥は全身の力が抜けていくようであった。

そうして、志津の言い分をわかってくれたこの僧侶にもほんの少しの感謝が湧いた。

「ありがとうございやす。今度はどうか、お志津さんとは関わりなく、ただ泊まりにいらしてください」

するると、僧侶はそんな高弥を鼻で笑い、そうして背を向けた。高弥はその時、やっと穏やかな気持ちになれた。

4

秋の乾いた風が吹く今は、夏の夜の寝苦しさに苦しんだことなどすでに忘れてしまった。

そんな八月も終わり、単《ひとえ》では肌寒さを感じる日もある。それでも、高弥はいつもの通りに飯を炊き、朝餉《あさげ》を仕上げる。


その日、ふと、風のようにして現れたのは想念であった。

「あ――」

あまりにさりげなくそこにいるので、高弥の方が驚いた。板敷の上で鉢合わせした高弥に、想念はにやりと笑う。

「おお、ちゃんとおるな。感心感心」

あんなことを言っておいて、と高弥は顔を引き攣《つ》らせた。

しかし、もしかすると想念なりに気になって様子を見に来てくれたのではないかとも思えた。それならば、想念は高弥が戻ると確信していたことになるのだが。

元助は懐手《ふところで》で嘆息している。想念はそのそばで飄々《ひょうひょう》としたものであった。

「私はな、典座寮《てんぞりょう》（寺の台所）に属しておる。平たく言うなれば、寺の料理人だな。おぬしも料理をするそうだから、料理するところを少し見せてもらおうか」

「へっ」

想念と料理とが結びつかずに、高弥は困惑してしまった。

寺での料理は、修行する雲水《うんすい》すべての分を用意する。旅籠《はたご》の料理とは量がまるで違うのだ。だから、一人二人で用意できるわけではない。その中の一人として日々料理を手がけているということだ。

元助は荒っぽい口を利きつつも想念のことを認めているらしく、想念が言い出したことを突っぱねる様子はない。仏頂面《ぶっちょうづら》で台所の戸を開けた。

「おい、お志津。お前はしばらく出てろ」

よくわからないながらに、志津が首をかしげて出てきた。無人になった台所を元助は顎《あご》で指す。高弥は一度想念を振り返り、台所へと足を踏み入れた。

すると、想念が後からついてきて戸を閉めた。いつも夕餉《ゆうげ》の支度をする時刻よりは早い。それでも今から始めることにした。

高弥が襷《たすき》をかけると、想念は畳の上に座禅を組むかのように姿勢正しく座った。何かを訊《たず》ねたくても、何を訊《たず》ねればいいのかがわからない。だから高弥は体を動かした。まずは水を入れた鍋を竈《かまど》に置くと、薪《まき》をくべてから火鉢の中に埋めてあった火種を取り出した。それから出汁《だし》をひくために鰹節《かつおぶし》を削る。

その音がシャッ、シャッ、と響く中、想念は静かにつぶやいた。

「鰹節《かつおぶし》か。寺では使えぬものが多くてな、まず出汁《だし》から違うのだ」

僧侶は生臭《なまぐさ》（魚や肉）を避ける。そうすると、江戸では当たり前である鰹出汁《かつおだし》さえも使えないのか。

「鰹出汁《かつおだし》がいけねぇのなら、何で出汁《だし》をひけばいいんですかい」

これがなければ、ひどく味気ないものになってしまう。思いつくのは昆布くらいだ。

「乾《ほ》した椎茸《しいたけ》の出汁《だし》、水で戻した大豆の出汁《だし》、いろいろな食物に旨味がある。それを知らずにおるだけだな」

と、想念は軽やかに声を立てて笑った。

以前、昆布揚げを作る時に昆布の戻し汁を使った高弥と、それを捨てていた志津たちとの差――

無駄を削《そ》ぎ落として生きる僧侶だからこそ知るところである。

「大豆ですか。今度試してみてぇと思います」

「うむ。古きを守りつつ新しきを知るのはよいことだ」

知ること。高弥は父からたくさんのことを教わった。けれど、これからもずっと、生きている限り学ぶことが尽きるはずもないのだ。父でさえ、まだ道半ばだと言っていた。

「想念様、美味《うま》いものを食うと人は仕合《しあわ》せになれやす。それは想念様でも同じですか」

ふと、そんなことを訊《たず》ねてみたくなった。欲とは無縁の境地にいるはずの僧侶でも、美味《うま》い飯は嬉しいものなのかと。

すると想念は少し考えてから、経《きょう》のようなものを張りのある声でつぶやき始めた。

「ひとつには功の多少《たしょう》を計《はか》り、彼《か》の来処《らいしょ》を量《はか》る。ふたつには己が徳行《とくぎょう》の全欠《ぜんけつ》を忖《はか》って供《く》に応ず。みっつには——」

それは五つまで続いた。

「な、なんですかい、それは」

「五観之偈《ごかんのげ》といってな、食前に唱えるのだ」

意味がひとつもわからなかった高弥に、想念は丁寧に説明してくれた。

「一に、この食事が膳に載るまでに苦労した人々がいたことを忘れない。二に、この食事を食うに相応《ふさわ》しい徳を積めたか自らに問う。三に、この食事に不満を言わず欲を押さえる。四に、この食事を良薬として頂く。五に、修行して己を完成させるためにこの食事を頂く——そういう意味だ」

美味《うま》いとか、そういう欲に塗《まみ》れた考えで飯を食ってはいない。僧侶とはそうしたものなのか。

高弥はぽかんと口を開けてしまった。己があまりに矮小《わいしょう》に感じられる。

想念はくすりと笑った。目尻に小さな皺《しわ》が寄ると優しげに見えた。

「美味《うま》いものを食って腹が満たされれば誰しも仕合《しあわ》せだ。けれどな、それで終わってはいかん。その美味《うま》い飯にありつけぬ人々も多く在る。それを己が食えるのだ。そのことにどんな意味があるのか考えてみることだ」

「どんな意味が――」

食って、そうして、働く。高弥が働くことで料理が出来上がり、それを誰かが食える。高弥は料理を作るために飯を食うのだろうか。

そんなことを考えていると、ふと祖父のことを思い出した。祖父は、人を喜ばせて自分の喜びとしろと高弥に言った。それは、これと同じことなのではないだろうか。

誰かのために生きている。誰かのために働いている。

高弥は穏やかな気持ちで、間引いた若い蔬菜《そさい》を刻みながらささやく。

「おれは人を喜ばせることに仕合《しあわ》せを感じられるようになりてぇんで。おれは学びながら飯を食って、そうして人を喜ばせる料理を作っていきてぇと思います」

「おお、それは典座《てんぞ》教訓――おぬしたちでいうところの料理人の心得のようなものか。それに見る三心、喜心・老心・大心という、人のために真心を込めて料理することを我が喜びにせよという教えだ。それを体現できるのなら、おぬしはよい料理人になるだろう」

想念の声は楽しげに弾んだ。

よい料理人になれるだろうか。なりたいと思う。

美味《うま》い、ただそれだけのことではなく、疲れた心を癒やせるような優しい料理を作って、人の役に立てたらいい。

目指す道は遠く、いつになれば辿《たど》り着くのかもわからない。それでも高弥はその道を歩き続けたい。

「ありがとうございやす。なりてぇもんでござんす」

嬉々として答えた高弥に、想念は笑顔であるのにぴしゃりと言った。

「よしよし。しかし、おぬし、その葉の根元を切りすぎではないのか。捨てるところなんぞどこにもない。食べ物は欠片《かけら》でも大事にな」

「へ、へい」

つかみどころのない僧侶であるけれど、今日、ゆっくりと話をできてよかった。

こうした話をしてくれたのも、あの時高弥が逃げずにあやめ屋に戻ったからである。

それからも想念としばらく料理の話をした。道具を丁寧に扱い、場を綺麗に保ち、無駄な動きを削《そ》ぐ。そうした些細《ささい》なことから料理は始まっているのだと。父とはまた違った意味で、高弥に食の何たるかを教えてくれる。何かもう一人の師に出会ったような気分であった。

その師が、意味深長な笑みを浮かべて去り際に耳打ちをした。

「今月の十一日、元助はきっと出かけるから、見つからないように後をつけてみるといい」

「へっ」

「面白いものが見られるぞ」

などと言って笑いながら去っていく。

やはり、つかみどころがない。しかし――

「――あんなこと言われたら気になって仕方ねぇ」

今月の十一日。一体なんの日なのだろう。

そして、想念の言った十一日になった。その朝、元助はいつものように出かける素振りを見せた。

●

「朝風呂に行ってくらぁ」

いつもの朝風呂である。高弥は首をかしげた。これは違うような気もする。しかし、想念の言葉を信じてみることにした。元助の姿が遠ざかり、見えなくなる前に高弥は思いきってていに頼んだ。

「すいやせん、女将《おかみ》さん。おれも風呂に行きてぇんで。急いで戻りやす」

「ええ、お昼には戻ってきてくれたらいいからね」

ていは柔らかな口調で許しをくれた。高弥は元助を見失わないよう、かといって覚《さと》られないように急いだ。品川の街道はこの時も慌ただしく、人馬の行き来が多かった。元助に見つかるよりも見失ってしまうことの心配をした。

元助は――湯屋を通り越した。やはり、湯屋ではない。ぶら提がった湯屋の看板が虚《むな》しく風に揺れる。

高弥はこの時になってうるさく胸が騒ぐのを感じた。元助がどこへ行くのか、高弥には見当もつかない。面白いものとは何なのか。

――元助が向かった先は、寺であった。想念を訪ねたわけではない。善福寺《ぜんぷくじ》の中へと元助は入っていく。そうして、途中で行き合った僧侶にいくらか頭を下げ、挨拶をしていた。その様子はここ最近のことではなく、まるで通い詰めているふうであった。

よくわからないなりに、高弥は元助の動きを追った。そうして、元助がひとつの墓の前で立ち止まり、膝を折って手を合わせた時に、これが想念の言っていたことなのだと思えた。

元助が長いこと固くまぶたを閉じている間に、高弥はその墓から近い木の陰に移った。そこからこっそりと元助の様子を窺《うかが》う。見つかったらと思うと恐ろしいのだけれど、元助があれほど熱心に参る墓のことが知りたかった。

すると、不意に元助の声がして高弥は飛び上がりそうになるのを堪《こら》えた。

「旦那さん、この間話したあいつなんですけど、どういうわけだか想念のヤツが妙に気に入ったみてぇで。おんなじ料理人だからかもしれやせん」

墓に向かってぼそぼそと語りかけている。その語りかけている小さな墓の主《あるじ》はていの亭主であるのかもしれない。それから、元助が語っているのは、もしかすると自分のことではないだろうかと高弥は感じた。だからこそ、余計に聞いてはならぬものを聞いているような気がしてきた。

それでも、耳を塞ぐことはできなかった。

「わかってやす。旦那さんも多分、ああいうヤツは気に入ったでしょうよ。でも、俺はあの面《つら》見てると苛《いら》つきやす。政吉や平次もそうみてぇで」

苛《いら》つくと言われても、高弥は悪いことをした覚えはない。出すぎ者で、若輩だから気も利かないかもしれないけれど。

もやもやとした気分になった高弥だったけれど、そこで元助は意外なことを言った。

「けど、正直、あいつが戻ってきた時はゾッとしやした。二度と近づかねぇようにあんだけぶん殴って追い出したってぇのに、頭下げて戻ってきたんで。あんな鼻っ柱の強《つえ》ぇ年頃に頭下げんの、俺は死んでも嫌でした。つらく当たってても撥《は》ね返してくる、あの根性だけは認めやす」

元助がそんなふうに感じていたとは、高弥にとって意外なことであった。あまりに驚いて口をあんぐりと開けてしまった。

それでも、元助は続ける。

「そんならもうちっと労《いたわ》ってやれとか言うんでしょう。そりゃあ無理ですよ。俺はこの気性ですからね。ま、あいつとは短けぇつき合いなんですから、いいやってなもんで。品川の下手な宿で一年気張った。あいつはそれを糧に実家を切り盛りしていくんでしょうし」

――短いつき合い。

あと幾月だろうか。そんなふうに言われたら、高弥は複雑であった。

表向きは少しも変わらず、仏頂面《ぶっちょうづら》で高弥を煩わしく思っているようにしか見えなかった。それなのに、墓石に対しては正直だ。

「ただし、あいつは綺麗なもんしか知りやせん。世の中にゃ、狡《こす》いのも大勢いるってぇのに。見抜けねぇのは、あいつ自身がそういう性根を持ち合わせてねぇからなんでしょうが」

元助が言う意味が、高弥にはよくわからなかった。もしかすると、平次に騙《だま》されたことを言っているのかと思ったけれど、あれは元助の与《あずか》り知らぬところであるはずだ。

元助は墓石に向かい柔らかな声音で言う。

「それでも、あいつが来てから、旅籠《はたご》ってやつは通り一遍でやってりゃいいわけじゃねぇってのも考えるようにはなりやした。――遅《おせ》ぇですかい。旦那さんと同じように帳場に座っていても、旦那さんみてぇになれるわけじゃありやせん。俺ができんのは、睨《にら》み利かせて悪《わり》ぃ虫を追い払うくれぇでしょうか。いつまでもこんな俺ですいやせん」

元助は、ていの亭主にはいつもこう素直であったのだろうか。

気持ちを落ち着けたい時、こうして故人に話しかけてしまう気持ちが高弥にもわからなくはなかった。高弥も祖父の位牌によく話しかけていたから。

「――じゃあ、また来やす」

元助が立ち上がったので、高弥は体を強張《こわば》らせて木の陰から僅《わず》かたりともはみ出さないように努めた。そうして、元助が遠のいてから、元助が挨拶をしていた寺の住職らしき僧侶に訊《たず》ねてみた。

「あの、あやめ屋の元助さんはよく墓参りに来るんですかい」

するとと、たるんだ頬の住職は何度もうなずいた。

「おお、恩人だという主人の月命日には必ずな。もう長いこと経つのに一度も欠かしたことがない。あそこまで義理堅い奉公人も珍しいくらいだな」

これが想念の言う、面白いもの。元助の持つ一面である。

あれを普段から出してくれればいいのに、いつも不機嫌に座っている。その顔の下では色々なことを考え、高弥のことも少しくらいは認めてくれていたらしい。

ほんのりと胸の奥にくすぐったいような気持ちが芽生える。

高弥は住職に礼を言うと、それから慌てて寺を出た。元助の行きつけの湯屋ではなく、他のところを選んで急いで湯を浴びると、高弥は汗を流した意味もないのではないかと思うほどに走り、汗だくであやめ屋に戻った。

朝から疲れたけれど、それだけの値打ちはあったのではないかと思う。想念のすべて見通したような笑顔が思い起こされた。

その日、高弥は久しぶりに野菜を仕入れに八百晋へ行きたくなる。だから、何を買ってくればいいかと台所で問うてきた政吉に言った。

「久しぶりにおれ、自分で仕入れに行きてぇと思いやす。ですから、今日はいいんで」

あそこの野菜の並べ方は行き届いていて、見ているだけでも飽きない。たまには何を買ってきてくれと頼むのではなく、自分の目で選んだ素材で料理をしたい。

しかし、政吉は嫌な顔をした。自分の仕事を奪われるような気がするのだろうか。

「ああ、そうかよ」

機嫌の悪くなった政吉はそっぽを向いて出ていってしまった。呆然とした高弥に、そばで一部始終を見ていた志津が小さく笑った。

「高弥さんは悪くないわよ。政さんったら困ったお人ね」

「おれ、何か気に障《さわ》る言い方をしやしたか」

すると、志津は首を振った。台所の畳を拭いていた手を止め、その場に座り込む。

「政さんは八百晋のお由宇ちゃんに会いたいだけなのよ。だから買い出しに行きたいんだわ」

「へ――」

会いたい、と。柔らかく微笑む由宇の顔が高弥の脳裏に浮かぶ。

「ああ、そういうことで」

それを聞いてすっきりとした。引っかかりが綺麗に落ちる。

フフ、と志津は楽しげに笑った。


しかし、色恋と仕事は別である。高弥は政吉に買い出しを譲ることなく、岡持《おかもち》桶《おけ》を持って八百晋を訪れた。

「御免ください」

店先には前垂《まえだれ》姿の由宇がいた。高弥に気づくと、ふわりと笑顔を見せる。

「あ、高弥さん。お久しぶり」

以前、元助に殴られたぼろぼろの姿を見せてしまっていたので、それから由宇は少しばかり高弥を気にかけてくれているように思う。

「ご無沙汰しておりやす」

「高弥さんが料理を作っているのね。政吉さんがそう言っていたわ」

「へい。だから、たまには自分で野菜を選びてぇと思いやして」

店先で二人が話し込んでいると、奥から晋八がのそりと出てきた。

「おお、あやめ屋の」

「へい、ご無沙汰しておりやす」

頭を下げた高弥に、晋八はにこやかにうなずいた。

「そうだなぁ。美味《うめ》ぇのはやっぱり茄子《なす》だろうよ。夏真っ盛りの頃とは違った味わいだ。それから、こいつ」

と、盥《たらい》の中からひとつ手に取って見せてくれた、でこぼこの肌を持つ野菜――

それは南瓜《かぼちゃ》であった。

「居留木橋南瓜《いるきばしかぼちゃ》（縮緬南瓜《ちりめんかぼちゃ》）。これを嫌いな女子《おなご》はいねぇだろうよ」

誇らしげに晋八は胸を張った。

南瓜《かぼちゃ》を仕入れて戻った時の志津の嬉しそうな顔が目に浮かぶようだ。

「じゃあ、そいつをください」

「あいよ。毎度あり」

岡持桶《おかもちおけ》に南瓜《かぼちゃ》の重みがかかる。それに高弥の胸も躍《おど》った。上機嫌でさらに訊《たず》ねる。

「もう少しすると蕪《かぶ》なんかも出回りやすか」

「おお、そうだな。あと少ししたらな。この辺りの蕪《かぶ》は大根みてぇな長蕪《ながかぶ》で、漬物にしても美味《うめ》ぇぞ」

「それは楽しみでござんす」

その頃の八百晋の店先を思うと、高弥も楽しみで仕方なかった。

「高弥さんは本当に料理が好きなのねぇ」

由宇が軽やかに笑いながらそんなことを言った。何か気恥ずかしくて思わず頭を掻《か》く。

「へい。料理をしている時が一番《いっち》楽しいんで」

八百晋の店先で父と娘が顔を見合わせて笑う。その朗《ほが》らかさが高弥にはなんとなく眩《まぶ》しく感じられた。

晋八が奥で野菜を束ね始める。高弥を見送ってくれた由宇は、にこやかに言った。

「高弥さん。お仕事頑張ってね」

政吉の気持ちはわかったものの、由宇が政吉をどう思っているのかは読めない。何度か、由宇は政吉を相手に困った顔をしていたような気がする。仕事に差し支えるほど店先で話し込んでしまうからだ。

政吉の恋心が報われる日は来るのだろうか。その辺り、自分自身が色恋に疎《うと》い高弥にはなんとも言えなかった。


戻ってから、政吉は口を利いてくれなかった。やはり、自分を差し置いて由宇に会ったとなると面白くないのだろう。

そのくせ、高弥が井戸水を汲み上げていると、いつの間にか背後に政吉がいた。

「おい」

びっくりして振り向くと、政吉が妙に顔を近づけてきた。そのせいで、せっかく手繰《たぐ》り寄せたつるべが井戸の中に滑り落ちる。

「な、何か」

政吉の顔が不機嫌そのものであったので、高弥としても困った。好かれていいないのは知っているけれど露骨すぎる。

　すると、政吉は低い声で言った。

「お由宇ちゃんに手ぇ出すなよ」

「へっ」

「あの娘《こ》はなぁ、三日虎狼痢《みっかころり》（コレラ）でおっかさんを亡くしてから、遊びもせずに家の手伝いばっかりしてきたんだ。お前にもよく笑いかけてくれるだろうが、ありゃあ客だから愛想よく振る舞ってくれてるだけで、お前に気があるとかそんなんじゃねぇからな」

　くどくどと言われた。しかし、政吉の気持ちを知ってしまった今となっては、こんなことも笑って受け止められるのだった。

「おれ、品川には修業に来たんで。他のことを考えるゆとりはござんせん」

　そう言うと政吉が目に見えてほっとしていた。高弥は言われっぱなしも癪《しゃく》だと、言い返してみたくなった。それはちょっとした悪戯心《いたずらごころ》でもあった。

「そう言う政吉さんはお由宇ちゃんみたいな娘をどう思うんですかい」

　その途端政吉は、ばっ、と何かを言いかけて舌がもつれたのか下を向いた。その耳が赤かった。正直だな、と高弥はそんな政吉のことが以前ほど嫌ではなくなった気がした。

本当に、真剣に想っている。それだけは疑う余地もなかった。

「どうって、いい娘《こ》だなって、思ってる」

やっとそれだけ言った政吉に、高弥は笑ってみせた。

「晋八さんみてぇな親父さんだから、いい娘さんに育ったんでしょう。男手ひとつで育てた娘さんなら、晋八さんも仕合《しあわ》せになってほしい気持ちは強《つえ》ぇことかと」

「まあ、そうだろうなぁ」

地面に向けてつぶやいた政吉の声には、自分では釣り合わないのかという、どこか暗い響きがあった。その声が、高弥の心も切なくする。それは秋という季節のせいであったのかもしれない。

●

そんなある日、ていは客を送り出した後の朝餉《あさげ》の席で突然言い出した。

「今日はこのまま閉めちまおうかね」

「えぇっ。いいんでござんすか、女将《おかみ》さん」

一日でも実入りのない日があるのは苦しい。高弥は腰を抜かしそうだった。だというのに、ていの笑顔は晴れやかである。

「実はね、どうしても高弥に見せたいものがあるのさ。皆で出かけようじゃないか」

「おれにですかい」

高弥にはまったく見当もつかなかった。


それから、皆で出かけたのは北本宿の方であった。

品川宿は街道を歩くと潮風が吹く。その風が冷たく皆の間を通りすぎる。けれど、何故だろう。こうしてそろって歩いていると、何か高弥も楽しく感じられた。あんなにもどうしようもないと思い、一度は見限ったのに、あやめ屋の皆のことをより深く知ったせいだろうか。それとも、高弥が変わったのだろうか。平次とは相変わらずだけれど、あやめ屋を去る前にはひとつくらい平次のいいところも見つけたいものだ。

向かう先は北馬場——東海寺であった。高弥は一度、壮助と共に来たことがあるからわかる。正確にはその北山である。山門は開かれておらず、なだらかな傾斜のある道を上る途中、多くの人とすれ違った。

「もしかして、想念様に会いに来られたんですかい」

高弥が後ろからなんとなく訊《たず》ねても、元助は振り向きもしなかった。その背から、多分顔をしかめているのが見なくてもわかった。

「なんであの糞坊主《くそぼうず》に会いに来んだよ」

高弥は小首をかしげたけれど、ていは年若い娘のように楽しげにフフ、と笑った。ていの含みのある笑みの理由がすぐにわかった。それはすぐそこに広がっていた。

錦秋——着いた先には目を見張るほどの絶景があった。

沿海《えんかい》を背面に、松と楓《かえで》が御殿山まで続く山並みで枝葉をいっぱいに広げている。松の青は控えめに煤《すす》けて見え、楓《かえで》の紅《あか》さが際立った。どこからが空か、どこからが海かの線引きなど意味もなく、ただ青さの中に紅葉の色が染み入るようであった。

「この東海寺は南の海晏寺《かいあんじ》と共に紅葉《もみじ》狩りで人気のお寺なのさ。せっかく品川にいるんだから、高弥にも見せてあげたくてね」

ていが感慨深く零《こぼ》す。志津も政吉も平次も、その光景に見惚《みほ》れていた。

この景色を美しいと思うのは高弥たちばかりではない。詩作に耽《ふけ》る老人、落ち葉を集めて喜ぶ子供、哀愁を漂わせて紅葉を見つめる女――様々であった。

ただ、ていはその紅葉を見上げながらぽつりと言った。

「次の秋にはいないんだから、今しかないじゃないか」

次の秋にはいない。秋どころか、夏が来る頃にはもういないのだ。

一度戻ったら、高弥はそうそう品川へ来ることはない。皆と会うことは今後どれくらいあるのだろう。

高弥がしんみりと紅葉を眺めて佇《たたず》んでいると、いつの間にか皆はそれぞれ動き回り、高弥の隣には元助しかいなくなっていた。元助が何故高弥の隣で海を眺めようという気分になったのかはわからない。けれど、この景色は人の心を動かす。高弥もまた、普段言えないことが言えてしまうような気がした。

ひとつ息を吸い、切り出す。

「元助さん、おれ、最初はあやめ屋のことあんまり好きになれやせんでした。でも、今はここで働けてよかったと思っておりやす。半ちくのおれで苛々《いらいら》することも多かったと思いやすが、世話んなってありがとうございやす」

元助はというと――

「お前が帰るのは五月だろうが。どんだけ気が早《はえ》ぇんだよ」

と、渋い顔をする。それもそうかと高弥は笑ってごまかした。

「大体、そういうこっぱずかしいことを堂々と言う気が知れねぇ」

「こっぱずかしいですかい」

「だから、お前のそういうところが――」

元助は何かを言いかけて言葉を切った。そうして、深々と息をついた。それで仕切り直したかのようにして再び口を開く。

「あの時」

「え――」

高弥は紅葉から元助に見向く。元助は高弥を見ずに続けた。

「お前が宿を間違えてあやめ屋に来たことなんざ、最初からわかってた。どう考えても妙な話だったからな」

あの時のことを今さら言われるとは思っていなかった。高弥は照れ隠しに海を見る。

「そ、それならそうと、最初から言ってくれればよござんしたものを」

「別に、修業だってぇなら給金を出さなくちゃならねぇわけでもねぇし、どうせ二、三日で音《ね》を上げるだろうから暇潰しのつもりでな」

暇潰しと。ひどい話である。

あの頃のあやめ屋は、正直なところ荒《すさ》んでいた。新たな奉公人など邪魔であった。それでも、穏やかに話せる今があるのならば、気まぐれでもなんでもいい。

二人の目はいつまでも交差することがなかった。互いに海を見て、その中に苦《にが》い思い出を流すような語らいであった。

「――こき使ってやろうと思ったんだがな。追い立てる前からお前はちょこまかと動いて、鼠《ねずみ》みてぇなヤツだって思ったな」

「鼠《ねずみ》たぁあんまりな」

そんなことを言いながらも、高弥は笑っていた。

元助がこうして心を語るのは珍しいことであるから、何を言われても怒る気になれなかった。

そこで元助は横目でちらりと高弥を見た。一度口をへの字に曲げ、そうして言う。

「いかにも育ちのよさそうな小僧があやめ屋の暖簾《のれん》を潜《くぐ》ってきやがった。これは鼻っ柱を折って、世の中の厳しさを教えてやろうって思いがな、こうむくむくと湧いて――まあ、俺はお前みてぇなのが嫌《きれ》ぇだったってことよ」

嫌いだったのはお互い様だ。高弥ははぁ、と気の抜けたような声を上げた。

「殴って放り出した時も、これで縁が切れるだろうと思った」

などと言って、元助はそこでようやく高弥を見た。正面からではない、斜《はす》にだ。

この男は喧嘩を売る時にしか目を合わさない。

元助のそうしたところをわかっている自分が、高弥は少し可笑《おか》しくなった。

かろうじて聞き取れる声で元助は言う。

「追い出しても戻ってきやがるし、二、三日で音《ね》を上げるだろうってぇのが、とんだ見込み違いだったたな」

それは珍しい微笑であった。あまりに驚いて高弥があんぐりと口を開けると、ムッとした元助に拳骨を食らった。これも照れ隠しだろうか。

そう思ったら、痛いよりもくすぐったいような心持ちがした。高弥は声を立てて笑った。

「しかし、お前、あれで隠れてたつもりかよ」

ぼそり、と付け足しのように言われた。まさかとは思うけれど、あの寺でのことだろうか。

「え、そ、えぇ――」

慌てる高弥に、元助はクク、と意地悪く笑った。

「もっと嘘が上手くならねぇと世の中渡っていけねぇぜ。それから、もっと人を見る目を養いな。あの糞坊主《くそぼうず》は食わせもんだ」

想念が高弥に、元助の後をつけるようにと教えてくれた。けれど、もしかするとそれは元助に内緒などではなかったのか――

問いただしたところで、想念はとぼけるだけだろうけれど。

紅葉の赤がはらはらと海風に攫《さら》われ、吸い込まれるようにして青に溶けた。

5

そうして、大根が美味《うま》い時季になった。ほくほくに炊いた風呂吹き大根が寒さを吹き飛ばしてくれる、そんな冬だ。

板橋育ちの高弥には、海沿いである品川の冬がひと際寒く感じられた。風の冷たさがまるで違う。

同じ板橋生まれでも品川暮らしの長い壮助は、師走《しわす》（十二月）にあやめ屋を訪れた。

「お世話様でございます。高弥坊ちゃんはいらっしゃいますか」

高弥は壮助の声がしたので慌てて宿先に出た。元助が無言のまま高弥を顎《あご》で指す。

「そ、壮助、どうした」

壮助があやめ屋を訪れたのは、思えば初めてのことである。どうにも落ち着かない。

「はい、師走《しわす》に差しかかって高弥坊ちゃんもますますお忙しいことと思います。年の瀬はもっとお忙しいことかと思いまして、ご様子を窺いに参りました。正月の藪入《やぶい》りにも板橋には戻られないおつもりで」

毎日が忙しくて、そんなことまで考えていなかった。高弥は家族に会いたいとは思うけれど、このあやめ屋の奉公人たちには帰る家がない。ようやく仲が深まりつつある今、ここを離れてはいけないような気がしてしまう。

「まだはっきりとは決めてねぇけど、帰らねぇかもしれねぇ」

高弥がそうつぶやいたのを、元助が帳場で聞いていたように思う。壮助は、はぁ、とこれ見よがしなため息をついた。

「そんな気は致しましたが。けれど、高弥坊ちゃん、お気をつけください」

「えっ」

小首をかしげた高弥を、壮助はいつになく厳しい顔で見ていた。いつも穏やかな壮助だから、高弥はその様子が気になる。

「品川も物騒な昨今なのでございます」

「物騒なって、どういうことだい」

するると、珍しいことに帳場から元助が口を挟んだ。

「大っぴらには言えねぇような剣呑な輩《やから》がこのご時世には増えてんだよ」

壮助の眉がぴくりと動く。元助の言葉は的外れではなかったようだ。そういえば、以前もそんな話を壮助にされたことがあった。血気盛んな若い侍もいると。

「まあ、そうした方々も見境がないわけではないでしょうけれど、いつどこで何に巻き込まれるかもわかりませんから、どうぞご用心くださいと申し上げに参った次第で」

「そうなのか。ありがとう、壮助」

ふ、と壮助は柔らかく微笑んだ。その笑みから、このあやめ屋に高弥がいること自体を心配する気持ちは薄らいだのではないかと思う。壮助が外から見てそう感じ取れるほど、あやめ屋は変わってきたのだろうか。だとしたら嬉しい。

師走《しわす》の、それは十日を少し過ぎた頃のことであった。高弥は徳利《とっくり》を手に道を歩いていく。

味噌醤油《しょうゆ》問屋でいつも通り醤油《しょうゆ》と、それから甘味噌を求め、問屋の暖簾《のれん》を潜《くぐ》って街道に出た。

その時、南へ向かって数人の武士が歩いてきた。まだ若い。

壮助と元助とあんな話をした後のことだから、武士を見ると少し緊張する。道で行き倒れていた高弥を運んでくれたような武士もいるにはいるのだけれど。

そのうちの一人がふと高弥に目を留めた。やや小柄で目のつり上がった顔立ち、かすかにあばたが浮いている。一文字に結んだ大きめの口の端が、歪《ゆが》むようにニッと持ち上がった。

しかし、それもほんの僅《わず》かなことであった。その侍は二度とは高弥を見なかった。仲間連中と楽しげに話しながら問屋の前を通り過ぎていく。

何故だか、高弥は肌が粟立《あわだ》つのを抑えられなかった。

一度や二度は返り血を浴びたことがある男なのかもしれない。少なくとも、普通ではないと思えた。

風の冷たさも手伝って、高弥はぶるりと身を縮ませる。もう、会うことはなかった。


ただ、その晩。

外が騒がしかった。酔客が馬鹿騒ぎをしながら街道を歩いていたのか、妙な高笑いで高弥は目を覚ました。こんな冬の夜に酔っ払い、朝になって道端で冷たくなっている者もよくいる。

そんなことを考えたせいか胸騒ぎが治まらず、高弥はその後、なかなか寝つくことができなかった。

そうして、その翌日の昼下がり。年末の煤払《すすはら》いをする中、品川中の噂になっている事件を知ったのである。

あやめ屋の中でも元助とていが神妙な顔つきで話し込んでいたので、思わず訊《たず》ねた。

「あの、何かあったんですかい」

「ああ、どうも公使館が燃えたらしいぜ。付け火だってよ」

「えっ、こ、こうしかん——」

料理に明け暮れる高弥は、世情に疎《うと》かった。元助は半眼になりつつも言う。

「確か英吉利《エゲレス》の役人のための贅沢《ぜいたく》な屋敷だって話じゃねぇか。よりによって御殿山に建てるたぁ業腹《ごうはら》だ。お上《かみ》のお偉方だろうと胸のうちは同じだったろうよ。しかしまあ、実際に焼くヤツが出るとはなぁ」

——文久《ぶんきゅう》二年（一八六二年）、十二月十二日の午前一時頃。御殿山東南に建設中であったイギリス公使館が、完成を目前にして焼き討ちに遭った。これは過激派の長州《ちょうしゅう》藩士、高杉晋作《たかすぎしんさく》らが外国大使殺害を企てるも頓挫《とんざ》したため、次に起こした行動である。

幕府にとってもこの御殿山の公使館建設は望ましいものではなく、むしろ焼き討ちは喜ばしいことでさえあったのか、犯人は検挙されることなくうやむやになった。幕府作事方大棟梁《さくじかただいとうりょう》である辻内近江《つじうちおうみ》の普請《ふしん》で、攘夷《じょうい》派の襲撃に備えた設計であったが、それでも防ぎきることはできなかった。

この品川宿の北本宿、目黒川の手前にはなまこ壁の土蔵造りの外壁から『土蔵《どぞう》相模《さがみ》』と呼ばれた『相模屋《さがみや》』という高級妓楼《ぎろう》があり、そこはこの過激派攘夷《じょうい》志士の溜まり場であったのだ。この公使館焼き討ち事件や桜田門外《さくらだもんがい》の変《へん》の前夜、彼らは土蔵相模で宴を開いていたと伝わっている。

しかし、この時はまだ、それがあやめ屋が直面する事件の前触れであるとは気づきもしなかった。まだどこか他人事《ひとごと》のように構えていた品川宿の人々に、まさしく火の粉が降りかかることとなる――

●

あやめ屋でも正月飾りや餅の支度を済ませ、大晦日《おおみそか》には晦日蕎麦《みそかそば》を食べに皆で蕎麦屋《そばや》まで出向いた。

そうして、除夜の鐘を聞きつつ正月を迎える。八百晋の親子や利兵衛たちつぐみ屋の皆とも顔を合わせて、年始の挨拶をした。

結局、高弥は板橋には帰らなかった。その代わり、帰れないことを詫びる文《ふみ》を書いた。元気にやっている、と。

その文《ふみ》には返事がなかった。

初めは帰ってこない息子に怒っているのかとも取れた。けれど、あの親たちならば、息子をそっと見守ってくれるだけの度量がある。下手な里心を起こさせるより、気が済むようにさせてやろうという心遣いから返事がないのだと思うようにした。

高弥は残りの日々を、己を研鑽《けんさん》するために時を費やすつもりだ。

あやめ屋は真新しい暖簾《のれん》にかけ替え、商いを始める。

しかし、正月気分が未だに後を引く一月の半ば――

高弥はいつものごとく、程よく疲れて眠っていた。

それなのに、どういうわけだか急に目が覚めた。ハッとして飛び起きる。これが虫の知らせであったのかと後になって思うのだ。

目が覚めてしまったことだから雪隠《せっちん》にでも行こうかと、掻巻《かいまき》から抜け出す。寒さにひとつ身震いすると、夜半であるのにどこか明るく感じられた。

梯子段《はしごだん》を下り、裏手から外へ出る。すると――

空が赤い。夜にあるはずのない色が混ざる。

背筋が凍った。これは火事だ。

江戸中、どこへ行っても火事は起こる。高弥の育った板橋でも、この品川でも。火事を知らせる自身番屋（自警組織）の半鐘が、冬空の下で忙《せわ》しなく鳴り響く。

「て、大変《てえへん》だっ」

高弥はすぐさま宿の中へと駆け込んだ。そうして、奉公人部屋の皆を叩き起こす。

「起きてくださいっ。火事でござんすっ。あっちの空が赤《あけ》ぇんでっ」

火事。

皆が我先に飛び起きた。このひと言は江戸では覿面《てきめん》である。

木造建築で夜は行灯《あんどん》を灯す江戸の町はたいそう燃えやすかった。火事の記録は多く残っている。

ここ品川でも、文政《ぶんせい》四年（一八二一年）には大井村《おおいむら》まで火の勢いやまず、千三百を超える家屋を焼いた。そうして、嘉永五年（一八五二年）にも七百軒近い被害を出し、宿場町としての機能が麻痺《まひ》してしまうという事態に陥った。

地震などの災害時も、引火した火がもとで火災が起こり、それによって被害が増大したのだ。

江戸の町火消《まちびけし》六十四組は勇猛果敢に火の手を抑え、町を守ってくれる。

けれど、ここは品川。江戸町火消《まちびけし》の管轄外である。町火消《まちびけし》が墨引《すみびき》（町奉行所の支配下）の外の品川まで助けに来てくれることはない。

これは高弥の生まれ育った板橋でも同じことである。だから、己たちでどうにか鎮火しなければならないのだ。それだけは高弥にも嫌というほどよくわかっていた。

「おれ、番屋へ行ってきやすっ」

町火消《まちびけし》が来ない以上、宿内の成人男子は消火に当たる。自身番屋にはその消火道具が用意されていた。これで消せなければ炎に呑《の》まれるだけだ。

「高弥っ」

いつになくはっきりと高弥の名を呼んだのは元助であった。高弥はハッとして振り向いた。元助の顔は暗くてよく見えないものの、声はいつも以上に低く感じられた。

「政吉と平次も連れていけ。俺は客と女将《おかみ》さんたちを逃がす」

幸いというべきなのか、この日の客は一組だけであった。

「へいっ。行って参りやすっ」

ええっ、と平次が怖気《おじけ》づいた。それを政吉が引っ張る。

男三人、宿を出た。空が赤く、明るかった。寒風に小さな塵《ちり》が漂ってくる。嫌な臭いが夜気に混ざって、高弥は顔をしかめた。

「火元は北本宿か」

政吉がぞっとした様子でつぶやく。南の方にも火の手は伸びているだろうけれど、火元というならばその辺りではないかと思われた。

「多分そうでしょう」

高弥が硬い声で返すと、政吉は自分の襟元を強くつかんだ。

「八百晋の辺りは――」

空を見上げた高弥は、諦めそうになる自分を感じた。あんなにも大きな火が消えるだろうかと。八百晋を呑《の》み込み、その火はこのあやめ屋までも到達するのかもしれない。

自分には帰る家がある。けれど、あやめ屋の皆にはないのだ。それを知っていて諦めてはいけない。

高弥は一度目をつむり、そうして再び開いた時、しっかりと前を見据えた。
「急ぎやしょう」
まだ怯《おび》えた様子の平次の手を引きつつ、政吉も高弥の後に続いて走った。幸い、雪は積もっていなかったものの、冬に違いはなく、身を切るような寒さであった。

自身番屋は四辻にある。そこにはすでに人がひしめいていた。だというのに、手持ち無沙汰にうろついている者もいる。消火器具が足らないのだ。

龍吐水《りゅうどすい》（手押しポンプ）とは名ばかりの、あまりに非力な放水装置は、火の手まで届きもしない。二人がかりで担《かつ》ぐ玄蕃桶《げんばおけ》も、見たところふたつしかなかった。そのふたつが水を撒いては戻り、の繰り返しである。それ以外では、皆が各自で持ち寄った桶や盥《たらい》で水を撒いている。あまりのもどかしさに眩暈《めまい》がした。

けれど、こうした地道な作業しかないのだ。高弥は自分にできることはないかと探した。空《あ》いていた道具といえば鳶口《とびぐち》（鉄の鉤《かぎ》がついた木製の棒）くらいだった。これは周囲の建物などを壊して火が移るのを防ぐためのものである。

高弥が擂半《すりばん》（火事が近いという知らせ）の音のする中でその鳶口《とびぐち》に手を伸ばす

と、政吉は高弥に頭を下げた。

「すまねぇ、俺はもう少し向こうの方へ行きてぇんだ。八百晋の親子にはいつも世話んなってるからっ」

喉を詰まらせながらそんなことを言う。

このままではあやめ屋にまで火が及ぶことも考えられなくはない。それでも、由宇が心配でいても立ってもいられぬのだ。

政吉の想いを知る以上、高弥は他の返答を思いつかなかった。

「わかりやした。お気をつけてっ」

精一杯、笑って見送る。政吉はほっとした表情を浮かべながら大きくうなずき、街道を駆け抜けた。皮肉なことに、夜とはいえ火の手が上がっているせいで提灯《ちょうちん》は要らない。平次は政吉が去った方向に、ええっと嘆いた。

「さ、おれたちも気張りやしょう」

鳶口《とびぐち》を握って張りきる高弥に、平次はブツブツと何かを言ってきたけれど、周囲の大騒ぎの中ではよく聞こえなかった。

手足に火傷《やけど》を負って泣く子供、焼けた柱の下敷きになったと虫の息で助け出された男――

　高弥もまったく火事を知らないわけではなかったけれど、今までは幼かったので消火に加わることはなかった。こうして自ら火を消そうとすると、あの化け物のような火を前に自分はちっぽけで、できることなど何ひとつないのではないかという気になる。鳶口《とびぐち》ひとつで、この火が消えるはずもない。

　品川は海原がこんなにも近く、水が溢《あふ》れ返っている場所だというのに、この湊《みなと》町《まち》が燃えるなど皮肉なものだ。

　それでも、泣き言を言っている場合ではない。高弥は鳶口《とびぐち》を手に平次を振り返った。

　あの守り袋の一件があってから、平次とはぎくしゃくしたままであった。けれど、今はそれどころではない。

「平次さん、おれ、火が移りそうなところを壊して回りやす。鳶口《とびぐち》ならまだありやすから、平次さんも一緒に行きやしょう」

　水の受け渡しには女も交じっている。けれど、火のそばまで行って建物を壊して回るようなことはやはり男の役目だと思う。

しかし、平次は嫌だと言った。そのひと言に高弥は耳を疑った。

「い、嫌だ。なんで自分からそんな危ない役を買って出なくちゃならねぇんだよ。そんなことまでしなくたって、誰かが消してくれるさ」

カタカタと震えながら、まるで聞き分けのない子供のように頭を抱えて自身番屋の陰にうずくまった。

高弥と平次は同い年である。平次が子供で許されるのなら、高弥も子供だ。その差はどこにあるというのだ。

家を焼け出されて泣き叫び、逃げ惑う人を前に、この火は誰かが消してくれるから、自分は危ない目に遭わずにいたいと言う。ただし、それでは平次がここにいる意味が、正直なところ見当たらない。

嫌なことから逃げ、危ないことを避け、気に入らない相手は陥《おとし》れる。それはそれで生きてはいられるだろう。ただし、得るものは何もない。

――いや、今はそんなことはどうだっていい。騙《だま》された時よりもずっと強い憤《いきどお》りが心のうちで渦巻く。

高弥は鳶口《とびぐち》を強く握りしめると、平次に向かって怒鳴った。

「誰かって誰だよっ。ここには頼れる火消《ひけし》もいねぇ。おれたち庶民しかいねぇんだよっ」

「だ、だって――」

「一人手伝わなきゃ一人死ぬかもしれねぇ時に、ぐだぐだ言うのは止《よ》してくれっ。おれはもう行くからなっ」

吐き捨てた。怒鳴ったせいで喉がひりつく。そんな高弥の言葉に、平次は耳を塞いだ。背中を丸めて、多分泣いている。

もう駄目だ。これ以上平次に構ってはいられない。高弥は見切りをつけて駆け出した。

この乾いた季節、火は勢いをなくすどころか、より力を増して歩行新宿の方へと延びていく。高弥はこの頼りない鳶口《とびぐち》ひとつでどうしたものかと戸惑ったけれど、そんな高弥の前で屋根に梯子《はしご》がかけられた。纏提灯《まといちょうちん》を担《かつ》いで上る男と一緒に上っていく職人風の男に、高弥は声を張り上げた。

「おれにも手伝えることがありやすかっ」

「ああ、助かるっ。ここで食い止めてぇから、丸ごと潰すぞ」

この家屋はなんであったのだろうか。看板だけは持って逃げたのか、見当たらない。惨《むご》いようだけれど、それで火が食い止められるのなら壊さなくてはならない。

「へいっ」

小柄故に身の軽い高弥は、するすると梯子《はしご》を上った。こんなにも高いところに慣れているわけもないのに、必死すぎて怖いとも思わなかった。火消《ひけし》が担《かつ》ぐようなものとは違い、少し小さめの纏提灯《まといちょうちん》を屋根の上で激しく振る男の傍らで、火の上がっている方に外した瓦を投げ、むき出しになった板に鳶口《とびぐち》を引っかけて外す。こうなると、高弥の力はそう強い方ではないから、職人風の男が板を三枚外すうちに一枚外せたらいい方だった。

霜のついた瓦は氷ほどに冷たい。慣れないことに手間取っていると、職人風の男は言った。

「坊主《ぼうず》、隣の屋根に移れ。その四軒向こうの屋根の瓦を外してくれ。多分、ここはもう間に合わねぇ」

「そんな――」

火が来るまでまだしばらくありそうだと思うのに、男の見立てでは間に合わないのだと言う。高弥は東海寺の紅葉を彷彿《ほうふつ》とさせる炎の色を屋根の上から見遣ると、素直にその言葉に従った。屋根伝いに次々と移っていくと、男も高弥に続いた。二人が退いた後の家屋を、下で控えていた人々が倒しにかかる。けれど、存外丈夫な柱が立っており、なかなかに手間取っていた。

高弥はもう振り向かずに次の家に取りかかった。けれど、そこも結果は同じであった。一度燃え盛った炎を消すことは困難を極める。

何軒目かに移った時、職人風の男は高弥に向かって苦々《にがにが》しく言った。

「坊主《ぼうず》、お前の家がもし危ねぇところにあるなら構やしねぇ、行ってこい」

危ないところ——

もう、高弥が瓦を外しているところからあやめ屋の屋根が見える。あの下手な字の看板はなかった。もしかすると、持って逃げたのかもしれない。上手く逃げてくれたならいいのだけれど。

高弥は残してきた三人のことも気がかりであった。だから、男の申し出はありがたかった。

「すいやせん、すぐに戻りやすっ」

高弥は梯子《はしご》のある場所まで引き返すのももどかしく、屋根を伝って下りやすそうな庇《ひさし》を見つけると、そこからぶら下がって地面に足をついた。

すでにくたくたになっていた高弥は、それでもなんとかして走った。その途中、志津がいた。ほつれた髪を振り乱して走ってくる様子が、志津の手にした提灯《ちょうちん》に照らされて見える。

「お志津さんっ」

高弥が呼びかけると志津はハッとして、白い息を吐きつつ高弥の方に駆け寄ってきた。

「高弥さんっ」

ざっと辺りを見回しても、志津は一人であった。ていと元助の姿がない。

「女将《おかみ》さんと元助さんは――」

「それが、二人ともまだ宿の中にいるの」

「え――」

志津の肩が小刻みに震えた。それに合わせて提灯《ちょうちん》の灯りも揺らぐ。

「女将《おかみ》さんが、動こうとしないの」

「な、なんで。危ねぇってちゃんと言ったんですかいっ」

「言ったわ。でも、あたしはいいのって、その一点張り。元助さんがお前は先に出ていろって、それでわたし――」

不安から、志津の目に涙が溜まる。汚れてひどい有り様の高弥が拭ってやることもできなかったけれど、せめて、と柔らかな声音を出した。

「わかりやした。おれ、ちっと見てきやす。お志津さん、逃げるなら逆の方角になすってください」

「一人で逃げられないわ。誰か呼ばなくちゃと思って出てきたの」

「ああ、すいやせん。おれでお役に立てるかどうかわかりやせんが」

ていや元助のような大人が、若輩の自分の言葉を聞いてくれるのかどうかわからない。けれど、今、他に頼れる人はいないのだ。

志津は軽くかぶりを振った。

「いいえ、ここで会えたのが高弥さんでよかったわ」

そんなことを言われた。志津は涙を拭くと正面から高弥に顔を向ける。こんな時だというのに、出会った頃よりもずっと綺麗になったとふと思った。

「高弥さんは何度もわたしを励ましてくれたから。女将《おかみ》さんも、もしかすると――」

そんなふうに感じてくれていたとは思わなかった。上手くもない慰めは空回《からまわ》りしてばかりだと。

志津にとって高弥の言葉がいくらか励みになったのなら、それは高弥にとっても嬉しいことだ。胸の奥がぽっとあたたかく、安らいだような気持ちになる。

けれど、今は喜んでいる場合ではない。高弥は自分の胸を乱暴にドンと叩いて、そうして自分で息を詰まらせた。それでもかろうじて言う。

「じゃあ、行ってきやす」

「ええ、気をつけて」

志津に見送られ、高弥は看板の消えたあやめ屋へと走った。

――ていは主《あるじ》にしては頼りなく、これで宿を支えていけるのかと、見ているだけで不安になった。

乱暴だし、いつも仏頂面《ぶっちょうづら》で口を開けばろくなことを言わない元助のことも、好きではなかった。

けれど、ここで二人が焼け死んだら、高弥は平気で骨を拾えるわけではない。

そんなのは嫌だ。

二人のよいところを見つけかけた今になって別れるのか。ここで終わるなんてことはまっぴらだった。そんな後悔などしたくない。高弥は強く歯を食いしばった。

元助がやったのだろうか、あやめ屋の揚げ戸もすべて開いており、燃えやすいものは火事場とは逆の方に寄せてある。

高弥は下駄を脱ぎ捨て、二階に駆け上がった。二階の障子もすべて開け放たれている。

「女将《おかみ》さん、元助さんっ」

高弥は叫んだ。返答はなかったけれど、女部屋の方にていと元助がいた。開いた格子窓から、夜だというのにほんのりとした灯りが二人を照らしていた。二人は、逃げるどころか座り込んでいる。

「な、何をしてるんですかい――」

ていは寝巻姿のまま、あやめ屋の看板を抱き締めていた。そんなていの隣で、元助はあぐらを掻《か》いている。

「いつここまで火が来るかわからねぇんですよっ。早く逃げねぇとっ」

高弥の剣幕に反し、ていはふわりと夢見心地のような顔で言った。

「この宿が燃えるなら、もういいのさ」

そのひと言に、元助が嘆息したのが聞こえた。

高弥は、ていの言い分に愕然《がくぜん》としてしまった。この場でどうしてこういう物言いができるのだろうかと。

「いいって、何もよくねぇ。今逃げれば十分助かりやす。急ぎやしょう」

ていのそばに膝を突いた高弥に、ていはゆるくかぶりを振る。その目は高弥を見ていなかった。

「いいの。だって、この宿が燃えちまったら、あたしは生きちゃいけないんだから」

古びた不出来な看板に、ていはそう言って頬ずりした。

「うちの人は火事で死んだんだ。だから、あたしも死ぬ時は火事なんじゃないかって、ずっと思っていたんだよ」

ほう、と息をつくていは、恐れなどよりも安堵を感じてしまっている。死んだ亭主が迎えにきてくれたとでも思っているのだろうか。

高弥は何を言えばいいのかもわからず、隣にいる元助に目をやった。そうしたら、元助は強く高弥を睨《にら》みつけた。

「お前は先に行け」

「いや、だって――」

ていがこの調子ではどうにもならない。二人が逃げられる気がしないのだ。口ごもった高弥に、元助も苛立《いらだ》った声を出した。

「女将《おかみ》さんには俺がついている。だから、行け」

元助はていに向かって莫迦《ばか》なことを言うなとは言わない。普段あんなにも横柄なくせに、ここへ来て、ていの心情を酌《く》もうというのか。

――いいや、元助はいつでもていのことを大事にしていた。頼りないていの壁になっていた。もしかすると、ていを守ることで、元助なりにていの亭主への恩返しをしようとしているのかもしれない。

しかし、それでは元助は、ていと、このあやめ屋と共に炎に巻かれる覚悟なのか。ていが望むのなら、それでいいと。

静かにそれを受け入れている。

けれど——

そんなことでいいわけがない。いけないと思うけれど、高弥にはこの二人を動かせるほどの言葉が出てこなかった。のうのうと、仕合《しあわ》せに過ごしてきた高弥には何も。

高弥を頼りにしてくれた志津の願いには応《こた》えることができないのだろうか。

「いけやせん、そんなのっ」

高弥がていの袖を引こうとすると、その手を元助がつかんで止めた。高弥の手首をギリギリと絞めつける。

「お前が口を挟めることじゃあねぇんだよ。さっさと行きな。それとも、ここであやめ屋と一緒に灰になる覚悟があるってぇのかよ」

痛い。手首の痛みに高弥は顔をしかめたけれど、この暗がりでは元助の表情ははっきり見えない。それなのに、元助は自分たちにつき合わせたくないと、高弥に生き延びろと言っている。そう、感じ取れた。

元助の手がゆるむ。高弥は息をついて、そうして少しだけ考えた。のんびりしている暇はない。火の手はそこまで迫っているのだから。

死を願う者を動かす言葉など、高弥には吐けない。けれど、ああ――と思い当たった。

死んでしまった親兄弟のそばに行きたがっていた志津を救ったのは、藤助の言葉だった。藤助も、高弥より長く生きている分、悲しい別れを身に刻んで生きている。だからその言葉が志津を救ったのだ。高弥の心がふっと軽くなった気がした。

元助の隙を突き、その手をすり抜けると、高弥はもう一度ていのそばに行った。そうして、やっとの思いで言う。

「女将《おかみ》さん、元助さんをつき合わせるんですかい。それで旦那さんは女将《おかみ》さんを褒めてくれやすか」

そのひと言に、ていがびくりと身を強張《こわば》らせた。

「おいっ」

元助が怒って高弥の肩をつかもうとしたけれど、高弥はそれを素早くかわして再び口を開く。

「それから、行く当てのねぇ奉公人ばっかりだって知ってて、もういいなんて言うんですかい」

「それは――」

ていの顔に動揺が広がる。不安げな目に、ていがようやく現《うつつ》に戻ってきたような気がした。高弥はその様子にほっとして告げる。

「旦那さんだって、女将《おかみ》さんや奉公人の皆を遺《のこ》して死にたくなんかなかったんじゃありやせんか。生きたかったのに生きられなかった旦那さんの分まで生きねぇと、旦那さんに申し訳ねぇかと思いやす」

志津は生きようと思い直した。だったら、ていも生ききってほしい。途中で生きることを投げ出したら、亭主も笑って迎えになど来てくれない。

ていの目が涙に濡れた。涙を手で押し込めると、その指の間から、また涙が零《こぼ》れる。弱々しくとも、ていの涙を見たのはこの時が初めてであった。

高弥は火事で昂《たかぶ》る心を押し込め、柔らかな声で語りかける。

「あやめ屋ってぇのは、この入れ物《もん》のことじゃあありやせん。女将《おかみ》さんとその看板があるところがあやめ屋じゃござんせんか。さ、宿を守らなくちゃいけやせん。さっさと行きやしょう」

ていは潤んだ目で、手にした看板をじっと見つめた。

「ああ、そんなことを言われたんじゃ、これは燃やしたくないねぇ」

ぽつり、と声が漏れる。高弥は心なし指先が痺《しび》れるのを感じた。火がそこまで燃え移っているのではないかと焦るのだ。周りの喧騒がそれを感じさせた。とっさにていいから看板を奪う。

「あ――」

「女将《おかみ》さん、看板はおれが守って逃げやす。だから安心してついてきてください」

そうして高弥は振り向くと、元助に言った。

「元助さん、行きやしょう」

「――偉そうにっ」

こんな時でさえ憎まれ口を利く元助に苦笑しながら、高弥は梯子段《はしごだん》のところまで戻った。二人が高弥の後ろに続いてくる。

梯子段《はしごだん》を下りると、人の叫び声や物音がさらに大きく聞こえた。ただ、そんな中、明らかにおかしな人影があやめ屋の帳場格子の辺りにあった。それは二人、男のようであった。一人は提灯《ちょうちん》を手にしており、一人はガチャガチャと荒っぽい音を立てて中を探っている。

これは火事場泥棒だ。本当に、こんな時でさえろくでもないことを考える者がいる。人が生きるか死ぬかという惨事の中、自分の利を貪《むさぼ》る。見下げ果てた輩《やから》であった。

高弥はカッとなって、梯子段《はしごだん》の下に看板を下ろすと男たちに向かって大声を張り上げた。

「何やってんだよっ」

周囲のごたごたで、高弥たちが下りてきた足音にも気づかなかったらしい。ハッとして振り向いた二人組の、その顔に高弥は見覚えがあることに驚いた。

「あんたたち――」

いつかの客であった。ていの料理が不味《まず》いと怒り、その後で元助にやり込められた。そして、その客への対応の悪さを喚《わめ》いた高弥も元助に放り出されたのだけれど。

すると、男の一人がチッと舌打ちをした。

「飯の不味《まず》い旅籠《はたご》にゃ貯えもねぇってわけか。シケてんなぁ」

あまりのことに高弥は声も出なかった。元助はとっさに、ていが下りてこないようにそこで止めた。炎が迫っているこの時に、こんなやり取りをしている場合ではないのに。

これがいつかの意趣返しであるとして、それでもこんなことをしていいはずはない。高弥は頭に血が上るのを感じた。震えが止まらない。

「あの時の仕返しかよ。それにしたってやり方が汚ねぇ」

思わず吐き捨てた高弥に、男たちはあぁっ、と凄《すご》んだ。

その時、元助が高弥の肩をつかんだ。そうして、素早くささやく。

「お前は女将《おかみ》さんについていろ」

「げ、元助さんっ」

元助は高弥を通り越し、ゆらりと前に出る。男たちはほんの少し怯《ひる》んだ。

「こんな時だ。てめぇらに構ってる場合じゃねぇんだよ。とっとと失《う》せな」

低く響く声には怒りが滲《にじ》む。高弥も男たちと一緒に縮み上がりそうであった。

「ふざけやがってっ」

以前、男たちは元助にまるで歯が立たなかった。今度は二人がかりでかかってくるのかもしれない。それではさすがの元助も苦戦するだろう。

高弥はハラハラしつつ、梯子段《はしごだん》にいるていに告げた。

「女将《おかみ》さん、ここから動かねぇでくださいっ」

「あっ、高弥っ」

元助につかみかかる男二人。その光景を提灯《ちょうちん》の灯りが照らす。

高弥は腕っぷしが強いわけではないから、できることといえば体当たりくらいしかない。立ち上る炎と、喧嘩。いつもよりも血が滾《たぎ》り、高弥も冷静ではなかった。

元助の襟を捕らえていた男に高弥は渾身《こんしん》の力でぶつかった。男の手がゆるんでよろける。高弥も一緒になって、たたらを踏んで転んだ。

「この莫迦《ばか》が」

元助の舌打ちが聞こえた。その時、高弥が跳ね飛ばした男の手の内で何かが煌《きら》めいた。その切っ先が眼前に迫り、それが匕首《あいくち》であることを知った。避《よ》けられない。動けない。

瞬《まばた》きすらできなかった。薄暗い中だというのに、パッと血の花が咲いた。

痛くはない。そう、刺されたのは高弥ではなかったのだから。

「あぁ――」

血を見て動転した高弥よりもよほど冷静に、元助は相手の腹を蹴り倒して、自分の腕を裂いた匕首《あいくち》を足で踏みつけた。血の生臭《なまぐさ》さが僅《わず》かに鼻につく。それでも、元助は平然として見えた。その様子がまた、男たちには恐ろしかったことだろう。

「この宿にこれ以上関わるんじゃねぇ。今度来たら、その首ねじ切って魚の餌にしてやる」

そう言って左手で投げつけた匕首《あいくち》が、男のそばをすり抜けて板敷を滑った。男たちはそれを拾うでもなく、ヒィヒィ喚《わめ》きながら我先にと逃げ出した。

「げ、元助さんっ」

高弥がようやく立ち上がる。元助の指先から血が滴《したた》り、板敷を汚していた。元助の顔色は暗がりではわかりづらいけれど、近づいてみれば額には脂汗が浮いていた。痛くないはずがない。

「ああいう手合いは下手《したて》に出りゃ食らいついてきやがる。大人しく泊まって出ていくだけなら放っておいたが、あん時は、料理が不味《まず》いだの喚《わめ》いて金をせびるつもりだったんだろうよ」

元助はぼそぼそとそう言った。あの時、客あしらいのひどさを高弥は怒った。

けれど、元助は、難癖をつけて金をせびろうとしている男たちだと知り、なんとか追い出そうとしていたのか。それを高弥が割って入り、跳ね飛ばされた。

高弥には、人の良し悪《あ》しを見抜く目などない。客は客である。そんな悪さをする人がいるなどとは考えたこともなかった。

「意趣返しも俺だけにすりゃ、いくらでも返り討ちにしてやるもんを――」

元助はちらりと高弥を見ると、言った。

「継がなきゃならねぇ家があって、待ってる親がいるってぇのに、無茶すんじゃねぇよ、お前は」

嫌な汗を掻《か》きながら、似合わないことを言う。いや、元助はもとよりそうした男であるのだ。それがわかりづらいだけで。

「元助さん――」

その時、二階から下りてきたていが手ぬぐいを持ってきてくれた。それを元助の腕の傷口にあてがうと、強めに縛って止血をした。

「元助、すぐにお医者様に診《み》てもらわなくちゃ」

「今はそれどころじゃありやせん。女将《おかみ》さん、まずは安全なところへ出やしょう」

高弥は元助の言葉で我に返り、看板を再び抱え直した。

そうして、三人そろってあやめ屋の外へ出ると、炎はやはり迫っていた。空が夜空とは思えない、おぞましくもどこか妖しく美しい色に染まっている。

火が近い。肌を撫でる熱気でそれを感じた。

「女将《おかみ》さんっ」

高弥たちを見つけた志津が駆け寄ってきた。

「さっき、二人組が出てきたけれど、あれは――」

言いかけて、元助の着物が血に染まっていることに気づいて息を呑《の》んだ。高弥は慌てて言う。

「違いやす。これは元助さんの血で、人を殺めたりはしておりやせん」

「――なんだその言い方はよ」

と言って元助は顔をしかめたけれど、普段の行いからしてそういう誤解を受けそうなものである。志津はほっとしたのか、さらに心配したのか、余計に困った顔をした。

「怪我の具合はどうなんでしょうか」

元助はハッと吐き捨てた。

「てぇしたことねぇよ。んなことより、政吉と平次はどこだ」

「政吉さんは八百晋さんの様子を見に行きやした。平次さんは——わかりやせん」

正直に答えるしかなかった。元助はそれ以上訊《き》かなかった。空を見て、そうしてつぶやく。

「火の手は迫ってきてるが、あれで弱まってるんじゃゃねぇのか。あとちっとで消せるかもしれねぇ」

すると元助は高弥の持っていた看板をむしり取り、志津に押しつけた。

「お志津、看板と女将《おかみ》さんを頼む。——高弥、ついてきな」

「へ、へい」

有無を言わさぬ口調に、高弥はそれ以外の返事ができなかった。ていは元助の傷口に目を向ける。

「元助、無理をしちゃいけないよ」

そのひと言に、元助はふと目元をゆるめた。そんな顔もできたのかと思うような柔らかさである。

「こんなのかすり傷で。すぐに戻りやす」

そう言って、元助は高弥に目配せして駆け出した。あんなにも血が滲《にじ》んでいて、痛まないわけがない。高弥はハラハラしつつも元助につき従った。

元助は炎の手前で立ち止まる。読み通り、鎮火は近かった。黒く焼け焦げた家屋が、白い煙をいっぱいに吐き出しながら炎をチロチロと覗かせている。

「おれ、水を運ぶ手伝いをしてきやす」

疲れがないわけではないけれど、何もしないではいられなかった。高弥が動くと、元助も同じようについてきた。そうして、水を運ぶ人々の中に交じる。

しかし、元助の傷は腕である。力を込めればその分痛むし、血も溢《あふ》れる。

「元助さんはもうこの辺でっ。おれが二人分気張りやす」

手ぬぐいが真っ赤に染まるのを見て、高弥も気が気ではない。けれど、元助は頑固であった。

「うるせぇな。つべこべ言ってんじゃねぇよ」

脂汗を滲《にじ》ませながら水の入った桶を手渡してくる。

元助がそこまでするのは、やはりあやめ屋を焼いてしまいたくないからだろうか。それならばもう、止めるよりも火を消してしまった方が早い。

その時はもう必死で、周りのことなど気にしていられなかった。ふと、そこに目が行ったのは、炎の赤がほとんど見えなくなってからのことである。

火を消そうと水を運ぶ大勢の人の中に平次を見つけた。そのことに高弥はハッとした。とっくに逃げたか、どこかに隠れているものと思っていたのだ。

平次も宿内の人々と一丸となり、水を運び続けていたのだろうか。気づけば怠《なま》ける、危ないことは嫌だと言う、平気で嘘をつく。そんな平次を怒鳴りつけ、見限った。

けれども、平次はできることを探して動いた。恐ろしくて炎のそばに近づけなかったとしても、そんな自分でもできることを探したのだ。——ああ、すまないことを言ったな、と高弥は苦《にが》い思いで己を振り返る。

皆の懸命な働きにより、火はあやめ屋を焼くことなく歩行新宿の手前で尽きた。北本宿との境の道を越えることなく消えたのだ。忙しく働いた纏提灯《まといちょうちん》も静かに風に吹かれている。

疲れ果てた人々がその場に次々とへたり込む中、高弥もほっとしたのか膝にきた。

カクリと膝が折れて煤《すす》だらけの地面に突く。そんな高弥を、元助が傷のない方の腕で引っ張り上げて立たせた。多くの提灯《ちょうちん》が照らしているけれど、元助はそっぽを向いていて、どんな表情でいるのかも見えなかった。

「女将《おかみ》さんたちが待ってる。そろそろ戻るぞ」

「へい」

その時、消えた火事場を眺める若い侍たちの姿が見えた。ここ品川の泊まり客であろう。厳しいその面持《おもも》ちから、高弥はなんとなく目を背《そむ》けた。

そうして、高弥は平次には声をかけずに戻った。ただ、後で謝ろうとそれだけは決めていた。


灯した提灯《ちょうちん》の明るさに吸い寄せられ、焼け出された人たちが表をうろついていた。寺院に行けばお救い小屋が設けられているのだけれど、それらで賄いきれないこともある。焼け出された人は見知った顔であったりもした。

だからなのか、ていは開いた宿先で人々を休ませていた。一度は避難した客も、火が消えたと見て戻ってきた。この時季では長く外にいられない。

「ああ、運がよかったんだか、悪かったんだかねぇ」

客の夫婦の女房が寒さに震えながらそんなことをぼやいた。気弱そうな年若い亭主が女房に寄り添っている。ていは客にそっと告げた。

「こんな時でございますから、今晩は家が焼けちまった人を休ませるために宿を使わせてくださいな。少ぅしばかり窮屈な思いをさせちまうかもしれませんが」

「そりゃあ仕方ないよ。いいさ、もう休ませてもらうね」

「ええ、どうぞ」

ていは夫婦を部屋の奥へ通した。それから、高弥たちが帰ってきたことに気づくと、穏やかに笑った。

「おかえり、二人とも」

その微笑みにほっと力が抜けていくような気がした。

「只今戻りやした、女将《おかみ》さん」

高弥がそう返すと、ていは不意に元助の肩を通り越して遠くを見た。高弥も振り返ってみれば、そこには政吉がいた。政吉だけではない。晋八と由宇も共にいた。晋八に支えられて、やっとのことで由宇は立っている。

「八百晋さんっ」

思わず高弥が呼びかけると、晋八は一度顔を引き攣《つ》らせた。笑おうとしたのかもしれない。いつも豪快に声を立てて笑う晋八がすると、その仕草はひどく物悲しかった。

高弥が何かを問う前に、政吉が皆のそばへ駆け寄り、悔しそうにつぶやいた。

「――あっしも結局、なんの役にも立てねぇで。でも、せめて今日はもうゆっくり休んでもらいてぇと思って、こっちに連れてきやした」

あの見事に野菜が並んだ青物屋《あおものや》は、一夜にして灰燼《かいじん》と化したのか。そう思うと高弥も胸が締めつけられた。

はらはらと涙を零《こぼ》す由宇に、ていは優しい仕草で背を撫で、言葉をかけていた。ていはいつも、心をどこかに置き忘れて風に吹かれるままに生きているようなところがあった。ぶつかることをせず、周りに合わせて己を持たない。

そうしたところに高弥が苛立《いらだ》ちを感じたこともある。けれど今は、己を出さず、柔らかに包んでくれるていに、傷ついた人々は癒やされるのかもしれない。

志津は台所で沸かした湯を運んでは、煤《すす》に汚れた人々にあたたかい手ぬぐいを手渡している。元助は医者に診《み》てもらう気もないらしく、そんな元助の傷をていが洗って、新しい手ぬぐいを巻き直していた。

高弥も動かなくてはと己を奮い立たせた。

もう、夜が明ける。いつもなら起き出している時刻なのだ。飯を炊かなくてはならない。

「高弥、あなた疲れているんじゃあないの。今日はあたしがやるからね」

ていはそう言ってくれたけれど、疲れているのは皆同じなのだ。高弥は台所の入り口でなんとか笑ってみせた。

「あとひと踏ん張りできやす」

裏手の井戸で顔と手を洗って襷《たすき》を締め直し、飯の支度にとりかかった。朝は握り飯だけで菜を作るわけではないけれど、焼け出された人々の分もと考え、飯は多めに炊くことにした。それから、味噌汁くらいは出してもいいだろうか。

疲労困憊《こんぱい》。まな板に向かうと頭がぐらりと揺れる。そんな高弥に背後から声をかけたのは志津であった。

「高弥さん、ふらふらじゃないの」

「そ、そんなことは――」

「もう、無理ばっかり。ここが終わったら少し休まないと」

へい、と高弥は首をすくめた。志津はくすりと笑う。その目が優しかった。

そうして、皆に握り飯と味噌汁を配った。すると、裏手から平次がこっそりと戻ってきた。その背中に高弥は呼びかける。

「平次さん」

驚いて肩を跳ね上げた平次に、高弥は勢いよく頭を下げた。

「ひでぇこと言って、すいやせんでした」

そうして、顔を上げる。そこには困惑した平次の顔がある。

「平次さんが火消しをちゃんと手伝ってるのを見やした。だからおれ、謝らないとと思って」

高弥はそうするべきと決めていた。だから謝ったのだ。

けれど、平次は苦しそうな顔をした。

「おいらはお前みてぇに屋根に上ったりしてねぇよ。女子供でもできるような水運びをしただけだ」

それでも、何もしないよりはいい。逃げたのでないだけ、高弥は平次を見直したけれど、それは平次のことを小物だと見くびっていたせいであったのかもしれない。

「おいらは、お前みてぇにはできねぇんだよ」

暗がりでもわかるほど、平次は顔を赤くしていく。今にも泣き出しそうに見えた。

「働き者で、料理上手で、人を疑わないし、悪かったって素直に言える。だからおいらはお前みてぇなのは嫌《きれ》ぇなんだ」

嫌われているのはわかっていたから、今さら驚かない。高弥はただ黙って聞いた。それは平次がずっと抱え込んできた気持ちなのだから、聞こうと思った。

「同い年なのに、全然違う。お前みてぇなのがいると、おいらは、いつもう要らねぇって放り出されるか不安になった。だから、出ていけってずっと思ってた。一度出ていった時は清々《せいせい》したのに、また戻ってきて、嫌がらせしても応《こた》えねぇし――」

　高弥は相槌の代わりに一度軽くうなずいた。すると、平次の目にうっすらと涙が浮かんだ。

「おいらは、お前とは違うんだ。おいらはなんにもできねぇ愚図《ぐず》だから」

　平次がそんなふうに感じていたとは思わなかった。高弥もまた、もがいてばかりの身である。祖父や父のように皆から頼られ、それに応《こた》える男になりたい。平次が言うほど、まだまだ立派ではない。

「おれだって、まだまだ半ちくで。それでも、ひとつだけわかることは――」

　そこで言葉を切り、高弥はニッと笑ってみせた。平次はきょとんとして目を瞬《また》かせる。

「ただ待ってたんじゃ、立派になんて、なれるわきゃねぇかと」

　高弥は目を丸くした平次に向かって言う。今はなんの遠慮もなかった。

「平次さんは火事が怖《こえ》ぇけど火消《ひけ》しを手伝いやした。それが最初の一歩で、なりたい己になるには、それの積み重ねなんでござんすよ」

　特別なことは何もない。ただ、逃げずに立ち向かえば開ける道があることを平次にもわかってほしかった。高弥自身、逃げずにあやめ屋に戻ったから今がある。

平次ともこうして話せる今が。
するとヽ平次はぼそり、ぼそりと吐き出す。

「――おいら、あやめ屋の旦那さんが死んでから、火事が怖くて。火事だって聞くだけで、震えがきた。今日もやっぱり火は怖かったけど、でも、お前に言われた通りだなって。おいらが手伝わなきゃ、誰か死ぬんだって、そんなこと初めて考えた。そしたら、怖くても踏ん張れたんだ。だから、おいらの背中を押したのはお前かもな」

平次にとって火事は、主《あるじ》を奪った恐ろしく、おぞましいもの。心が柔らかな幼いうちに受けた深い傷がある。人一倍、火事に怖気《おじけ》づく理由《わけ》があった。

けれど、今、平次はそれを乗り越えた。

「ありがとな。それから――あの時、嘘ついてごめんな。もう、二度としねぇから」

この時ようやく、平次の心に触れたと感じた。だから高弥はこの平次の言葉を少しも疑おうとはしなかった。もう、そこに嘘はないと。

高弥はかぶりを振る。やっと平次と笑い合えた。その時が来たことをただ嬉しく思う。

それから、あやめ屋も少し落ち着いてきた。避難してきた人々もそれぞれ眠っている。

元助はそんな中でも帳場格子の中で座っていた。高弥はその隣に膝を突いて話しかける。

「あの、元助さんも休んでくださいさい。傷も痛むんじゃぁございませんか」

「女将《おかみ》さんより先に休めるかよ」

その横顔を見て、高弥はハッとした。とっさに元助の手首をつかむ。

やはり、元助の肌は熱かった。傷口が熱を持っている。

「元助さん、しんどいんじゃ――」

それでも、元助は高弥の手を振り払った。

「女将《おかみ》さんに余計なこと言うんじゃねぇぞ」

それが元助には一番嫌なことなのだろうか。この大変な時に心配をかけたくないと平気なふりをする。

「あの、庇《かば》ってくださすってありがとうございやした」

思えば、礼のひとつも言っていないと気づいた。本来であれば、怪我をしたのは高弥である。下手をすれば怪我では済まなかった。

神妙に頭を下げた高弥に、元助は指で煙管《きせる》を弄《もてあそ》びながらつぶやく。

「親を泣かせんな」

高弥が目を瞬《またた》かせると、元助は顔をしかめた。

「似合わねぇことを言ってんじゃねぇよって面《つら》だな」

「ち、違いやすっ」

慌てて手を振ると、元助は嘆息した。相変わらず顔は土気色である。

「俺があやめ屋の旦那さんに初めて会った時にそう言われたんだ。まあ、莫迦《ばか》ばっかりやってたからな。でもな、親なんかいねぇって答えた俺に、じゃあ自分が親になってやるからうちに来いって、受け入れてくれたお人だった」

元助はていの亭主の話をする時、その声音や表情からでも主《あるじ》を慕っていたことが十分に伝わる。

「それはいい親父さんで」

ぽつりと口を衝《つ》いて出た。元助にとって、主《あるじ》であり、そして父のようなあたたかさであったのだろう。元助は無言で小さく笑った。

高弥は穏やかな心持ちで元助の隣に膝を突いていた。

●

その後、皆が交代で短く眠った。元助は医者のところへ行きたがらないので、ていが薬を買ってきて渡していたけれど、高い買い物をさせたせいか元助は困惑しているように見えた。

高弥は元助のことも心配だったけれど、他のことも気がかりであった。つぐみ屋は少し離れているから無事だと願いたい。今回の火事では旅籠《はたご》もいくらか焼けたことだろう。それでも、このくらいの焼け方で済んでよかったともいえる。家が焼けてしまった人々の前では間違っても言えないけれど。

元助は細く長いため息をついた。

「火元はわからねぇままらしいぜ」

不審火。けれどふと、高弥の中で去年の師走《しわす》の公使館のことが思い起こされた。

「あの、公使館の焼き討ちと関わりはねぇんでしょうか」

「さあな。もしかするとそいつらが下手を打ったのかもしれねぇし、まったく別のヤツの仕業かもしれねぇ――」

火を放って火事を起こしたら罪に問われる。過去には、付け火をして火刑に処された八百屋お七《しち》という娘がいた。その命が散ったのは、この品川――立会川《たちあいがわ》にかけられた泪橋《なみだばし》の向こう、鈴ヶ森刑場《すずがもりけいじょう》であったという。今回のことでも誰かが刑場《けいじょう》へ送られるだろうか。

「付け火の咎人《とがにん》は見つからねぇかもしれねぇな」

元助がぼそりとつぶやいた。高弥もそんな気がした。

脳裏ではいつまでも炎が衰えずに、チロチロと蛇の舌のように動く。

火事は嫌いだと、高弥はギュッとまぶたを閉じた。嫌な世の中だ。

それから、その日の昼餉《ひるげ》を皆で食べた。茶漬けに三河島菜《みかわしまな》の浅漬け、麩《ふ》の味噌汁といった、決して贅沢《ぜいたく》とは言えないものである。

元助の腕の傷は飯を食う時に苦労をするだろうと思ったのだが、元助は左手でも平然と箸を扱った。

「利き腕が二本ありゃあそれだけ喧嘩も強《つえ》ぇんだよ」

「そんな理由で左も鍛えたんですかい」

「悪《わり》ぃかよ」

ぎろりと睨《にら》まれた。しかし、元助らしいのかもしれない。それが役に立っているのもおかしなものだけれど。

晋八や由宇、焼け出された人たちも客間で食べている。そうして、世話になるばかりでは心苦しいから、と煤塗《すすまみ》れの宿を一緒に掃除してくれた。

時折笑って由宇は雑巾《ぞうきん》がけをしてくれていた。八百晋の店先でのあの朗《ほが》らかな笑顔だ。むしろ、晋八の方がまだしょげている。

つらいのはわかる。でも、二人が無事で何よりだと思う。また一から始めるのは大変だけれど、生きていればどうにかなる。

「政吉さんが元気づけてるんで、お由宇さんも少ぅし元気になったような気がしやす」

昼餉《ひるげ》の片づけをしながら高弥は志津に向かって言った。そんな浅はかな高弥に、志津は困ったように眉を下げた。

「お由宇ちゃんはしっかりした娘さんだけれど、でも――」

志津はその先を語らずに、カタカタと音を立てながら茶碗を片づけた。その時、平次が焼け出された人たちの分の膳を重ねて下げてきた。

「高弥、美味《うま》かったってよ」

「ああ、ありがてぇことで」

へへ、と照れて頭を掻《か》いた高弥を平次はじっと見た。あまりに見るから、高弥の方が困ってしまった。

「平次さん、どうかしやしたか」

「いや、お前みてぇに料理ができるようになるには、どれくらいかかんのかなと思って」

「おれは小さい頃から手伝ってきやしたけど、それはやる気次第だと思いやす。興味があるんですかい」

「まあな。あのさ、皆、火事でひでぇ目に遭って、疲れ果てて悲しいってぇのに、飯食ってる時は仕合《しあわ》せそうな、ほっとした顔になるんだ。今までそんなこと考えてもみなかったけど、美味《うま》い飯は人のことを仕合《しあわ》せにすんのかなぁって」

平次が今、そう感じてくれたことが高弥には嬉しかった。もし平次が料理を覚えてくれるのなら、それはあやめ屋にとってよいことである。

「やりてぇのならお教えしやす」

高弥も父に比べれば未熟な腕であるから、偉そうにそんなことを言えた身ではない。けれど、少しくらいなら教えられることもあるかと思うのだ。

平次は目を瞬《またた》かせ、そうして笑顔でうなずいた。上手くいかないこともあるけれど、それでもへこたれずに、料理を好きになってもらえたら何よりだ。

志津が小さく笑った声が、穏やかに響いた。

――その後、壮助があやめ屋までやってきた。つぐみ屋は無事であったという。

高弥の顔を見てほっとしたようで、すぐに帰った。きっとこのあやめ屋と同じく、火事の後でごたごたしているのだろう。つぐみ屋の皆も忙しさに参ってしまわないといいのだけれど。

その晩のこと。高弥は遅くまで平次と話し込んでしまっていた。平次とあんなにも話したのは初めてだった。料理を覚えたいと言ったのは本気のようだとこの時改めて感じ、高弥も話に夢中になった。

そんな夜半、寝る前に雪隠《せっちん》へ行こうとした高弥の耳に、悲しい声が裏手の井戸端から聞こえてきたのだ。それはまるで幽霊のような女の啜《すす》り泣きであった。

ぞっとして立ち止まった高弥であったけれど、その声は幽霊のものではなかった。

「お由宇ちゃん、あっしにできることがあればなんだってするから言ってくんな」

啜《すす》り泣く声の主は由宇であった。そんな由宇を政吉がそばで慰めている。

昼間は気丈に笑ってみせているものの、夜になると耐えきれなくなるのだろうか。それほどまでに家と店とが焼けたことに不安を感じているのだ。

政吉は井戸端でしゃがんで泣いている由宇に触れることなく、ただ切なく声をかけている。それでも由宇ははらはらと涙を流していた。

高弥はここにいてはいけないような気になった。けれど、由宇が高弥に気づいて顔を上げた。それによって政吉も高弥に目を向ける。高弥が持つ手燭《てしょく》の灯りだけが三人の間にあった。暗くとも、政吉が嫌な顔をしたのがわかった。

　由宇は涙を拭くと慌てて立ち上がる。そうして、なんでもないといったふうに笑おうとした。

「高弥さん、違うのよ。これはね、その――」

「なんにも言わなくてよござんす。誰だって泣きたい時くらいありやすから」

　何も訊《き》かないことがせめてもの気遣いであった。由宇は軽くうなずくと、つぶやいた。

「ありがとう。――じゃあ、おやすみなさい、政吉さん、高弥さん」

　音を立てぬように気をつけながら由宇は宿の中へと戻っていった。高弥はその様子を見守りながらつぶやく。

「やっぱり、家が焼けたのが応《こた》えてるみてぇですね」

　すると、暗がりで政吉が嘆息した。

「そればっかりじゃねぇよ」

　そればかりではないとは、どういうことなのか。高弥は首をかしげた。

　政吉は言いにくそうに、絞り出すようにして言った。

「火事の時に火傷《やけど》しちまったんだ。俺がついていながら、守りきれなくて――」

火傷《やけど》というのは、痕《あと》が残るほどのものなのだろうか。ろくに冷やすこともできず、火傷《やけど》は疼《うず》いただろうに、由宇はそれを言わなかった。言える気がしなかったのだろう。

元助のような男ならまだしも、由宇のような娘でさえもが己を優先せずに堪《こら》えたのだ。

「お由宇ちゃんには仕合《しあわ》せになってもらいてぇって思ってた矢先にこれかよ。世の中、腐ってやがる」

吐き捨てた政吉の声が震えている。それが高弥にとっても苦しかった。想う相手を救えない悲しさが、その声に滲《にじ》んでいる。

高弥はかける言葉を探したけれど、見つけられるはずもなかった。言えることなど限られている。

「――政吉さん、もう休みやしょう。そしたら、明日の朝にはまた飯を食って気張りやしょう。こっちまでしょげてたんじゃいけやせん」

偉そうなことを言うと、自分でも思った。それでも、政吉の願いは由宇が笑っていてくれることなのだから、しょげている場合ではない。

「八百晋をもう一度立て直せたら、お由宇ちゃんは心から笑ってくれるかな」

そうつぶやいた政吉の目にも涙が光った。高弥はただうなずいた。

●

その翌日、八百晋親子以外の人々は、いつまでもこうしてはいられないと言い、ていにしっかりと感謝を伝えてからあやめ屋を出ていった。

幾度も火事に見舞われながら再生した品川宿の人々である。少しばかり心と体を休めたら、またやり直そうとする気骨がある。

高弥はそれを頼もしく感じ、凧《たこ》が浮かぶ空を背に眩《まぶ》しい思いで見送った。

そうして、八百晋親子もついに切り出したのであった。

「明日の朝、おれらもここをお暇《いとま》させて頂こうかと思いやす。いつまでもお世話になってたんじゃあどうにもなりやせん。八百晋再建を目指して、頑張りてぇと思いやす」

そう、晋八が言ったのだ。由宇は項垂《うなだ》れて静かにそれを聞いていた。

ていた。


「目途は立っているんでござんすか」

ていが控えめに訊《たず》ねた。すると、晋八は苦笑する。髭《ひげ》と月代《さかやき》が随分伸びた。

「多少の蓄えは持って逃げられやした。まあ、なんとかなりやさぁ」

それを聞き、皆がほっとした。ただ、政吉だけはそれでも心配そうに由宇を見ていた。


翌朝になり、八百晋親子は宣言通りあやめ屋を後にする。鈍色《にびいろ》の空に雪がちらつく朝であった。

「また野菜を買いに行きやす」

高弥がそう言うと、晋八は大きくうなずいた。誇らしげに店先に野菜を並べる親子の姿を楽しみに待ちたい。

親子が去る背中を、あやめ屋の皆はなんとも言えない心持ちで見送った。一日でも早く立ち直れる日が来るといい。

ふと政吉を見遣ると、その横顔は厳しかった。心配事がそうさせるのだろう。

そんな時、元助の無骨な手が政吉の肩を叩いた。傷のある方の腕は無暗に動かさぬよう、布で首から吊るされている。

「おい、政吉」

「へ、へい」

突然のことに驚いて弾かれたように顔を上げた政吉に、元助は目を眇《すが》める。

「お前、なんか言いたいことがあんだろう」

ヒュッと政吉の喉が鳴った。それを、ていがじっと見つめる。

「いいの、話しなさいな」

ていがそう促すと、政吉は目に見えて動じた。平次も何かを感じていたのかもしれない。真剣な面持《おもも》ちであった。

高弥もその続きを待った。すると、政吉はぽつりぽつりと語り出す。

「あ、あっしは、どうしても、八百晋のことが気になって――」

そんなことは見ればわかる。皆がそう思ったことだろう。

「八百晋ってぇより、あの娘だろうが」

と、元助が毒づく。けれど、政吉は照れるのではなく顔をくしゃりと歪《ゆが》めた。

「気づくと一人で泣いてて、あんなの見てられねぇんで」

その場を見てしまった高弥にも、政吉の苦しさがひりひりと伝わる。

ていは静かにうなずいた。

「それで、政吉、あんたはお由宇ちゃんを支えに行きたいんだね」

政吉は声を詰まらせてうなずいた。

それはそうなのだ。助けには行きたいだろう。けれど、政吉はあやめ屋の奉公人である。優先すべきはあやめ屋なのだ。

ていはちらりと元助を見た。元助は無言でため息をひとつつく。それだけのことで、ていには元助の考えが読めたらしい。

「そうだねぇ。うちの人だったら行ってこいって、迷わず背中を押しただろうね」

ていはさりげなくそんなことをささやく。

政吉は何も言えずに涙ぐんでいた。その肩にていは優しく触れる。

「傷ついた人を支えるってのは、そう容易なことじゃあないんだよ」

その言葉は、火事で亭主を亡くした傷跡を未だに感じさせた。けれど、それでもていが生きていられたのは、やはりあやめ屋があったから。亭主が生きた場所をなくしてしまえなかったからだ。

「それでもというのなら、行っておいで」

とん、とていは両手で政吉の背を軽く押した。

「女将《おかみ》さん――」

政吉は振り返ると、深々と頭を下げた。皆がそれを見守る。

火事の後の落ち着かない宿場町では、道行く人々は目もくれずに通り過ぎていった。

●

その翌朝、政吉は誰よりも先に起きていた。むしろ、眠れなかったのかもしれない。

いつも通り一番に起きた高弥が寝ぼけ眼《まなこ》を擦《こす》っていると、きちんと掻巻《かいまき》を畳んで正座していた政吉は、何かを高弥の方に差し出した。明るくなるのが遅くなった昨今、行灯《あんどん》の灯りがなければ政吉の顔もよく見えない。

「高弥、これ」

「へい」

よくわからないながらにうなずく。掻巻《かいまき》から抜け出して政吉のそばまで行くと、丁寧に四角く折りたたまれた布を手渡された。高弥がそれを受け取って広げてみると、それは前掛けであった。あやめ屋と染め抜かれた前掛けだ。

「お前なら似合うさ。しばらくの間、よろしく頼む」

高弥は、これを託す政吉の心は今、どんなふうであるのかと考えた。

幼い頃からここで働いている政吉にとってここは我が家であり、居心地のよい場所であったはずなのだ。少しも寂しくないなんてことはないはずだ。

「わかりやした。これをお借りして、精一杯働かせて頂きやす」

高弥がそう答えることを政吉が望んでいるように思えた。少なくとも、高弥を見込んで前掛けを手渡してくれたのだ。

政吉はうんと言ってうなずいた。

「ありがとな」

政吉から受け取った前掛けを、顔を洗い、歯を磨いた後で巻いてみる。そうして襷《たすき》をかければ、いつも以上に気が引き締まるような気がした。今度あやめ屋で皆がそろって朝餉《あさげ》を食えるのは、いつのことになるのだろうと、支度をしながら考えた。少なくともしばらくは先のことである。政吉が戻った時、高弥はもうこのあやめ屋にはいないかもしれない。

「──あれ」

思わずつぶやいていた。そうして、ギュッと胸元をつかむ。

心《しん》の臓《ぞう》が痛んだ。それは強く、何かを訴えかけるように。

高弥は晴れない気分のまま飯を炊いた。それ以上、胸が痛んだ理由を考えてはいけないと思った。

そうして、政吉は小さな荷物を手にあやめ屋を出ていった。日傭取《ひようとり》（日雇い）の仕事をしながら裏長屋を借り、八百晋を手伝うつもりだという。今はしっかりとやるべきことを見据えているのだから、投げ出したりはしないだろう。

あやめ屋の皆はそんな政吉を見送った。遠くへ行くわけではないから、すぐに様子を見にも行ける。別れというには大げさなのだけれど。

政吉という働き手が一人欠けたあやめ屋だが、それでもなんとか商っていかねばならない。

ここで今まで以上の働きをしてくれたのが平次である。

平次は、高弥のやることをじっと見て、自分でもできることはないかを常に考えるようになった。それは料理のことだけではない。もてなしひとつにしてもそうだ。

自分の段取りを優先するのではなく、客にくつろいでもらうために心を配ることができるようになった。ちょっとした気遣い、笑顔、そんなことでさえも客には気持ちが伝わるのだ。

そうした平次の様子を眺めながら、ていが帳場の元助にささやいているのが聞こえた。

「ねえ、平次は近頃、随分と張りきっていると思わないかい」

「誰かに毒されたんでやしょう」

台所の戸口で聞いていた高弥が、元助の言葉に頭を掻《か》いた。

その時、高弥はふと、ていに訊《たず》ねてみたくなった。思いきって切り出してみる。

「そういえば、女将《おかみ》さん、あの看板は旦那さんが書かれたってお聞きしやしたが、そもそもあやめ屋って屋号にはどういう意味があるんですかい」

するとていは何故だか少し照れたように言う。

「いや、ね、あやめ屋ってぇのは、うちの人があたしにどんな名前がいいかって訊《き》くから、あたしがつけたのさ」

「そうでござんしたか。女将《おかみ》さんはあやめの花がお好きなんで」

すると、ていはさらに照れたように見えた。

「うちの人がね、あたしがまだ若い頃に、お前は花に例えるとあやめだなって言ったんだよ。牡丹《ぼたん》や芍薬《しゃくやく》みたいな派手派手しさはないけど、まっすぐに咲いているところが似ているってね」

ピンと、曲がることなくまっすぐな茎が紫色の花をつける。華やかさよりも品のある姿だと思う。そのひと言で、ていにとってあやめの花は特別なものになったのだろう。

「でも、うちの人ったらあやめも杜若《かきつばた》も菖蒲《しょうぶ》もおんなじだと思っていたんだよ。そのことに気づいたのは、随分後になってからだわねぇ」

などと言って笑った。亭主の話をしている時のていは、いつもよりも楽しげに見えた。

その話を聞いた時に高弥の中で、すっきりとあるべきものが据わりよく収まった。

「ああ、あやめが女将《おかみ》さんのことなら、やっぱり女将《おかみ》さんがいるところがあやめ屋って宿かと」

するりとそんな言葉が口から零《こぼ》れた。

「偉そうに」

元助が毒づくけれど、その顔は笑っていた。

「女将《おかみ》さん、大事な看板だからこそ、看板書《かんばんかき》にあの字を濃くなぞってもらいやせんか」

看板書《かんばんかき》とは、その名の通り看板を書くことを生業《なりわい》とする。町を歩きながら、書き換え時である看板がぶら下がっている店《たな》を見つけると、声をかけてくるのだ。

ていだけではなく、元助もこの提案には驚いていた。けれど、高弥はずっとそれを考えていた。これからも雨風にさらされ続ければ、あの文字は消えてしまう。

薄れていく人の記憶を繋ぎとめることはできないけれど、せめてこのままあの字には鮮明に残っていてほしい。

「消えちまってからじゃあ戻せやせん。形が残っているうちにいかがでやしょう」

元助に出過ぎたことだと言われたらそれまでだ。諦めようと思った。そうしたら、意外なことに元助は黙って成り行きを見守っている。

ていは困った顔をして表に出た。木枯らしが吹く中、ていは看板を見上げながらふと優しくつぶやく。

「そうだね。皆がせっかく頑張ってくれているんだから、もっとはっきりとした字でお客様の目に留まらないとねぇ」

かくして、あやめ屋の看板は生まれ変わる。


翌日、高弥は品川宿を練り歩いていた看板書《かんばんかき》の男を捕まえた。最初は愛想よく話を聞いてくれていた看板書《かんばんかき》だが、あやめ屋と名乗った途端に顔を歪《ゆが》めた。

その時、訊《たず》ねずとも高弥にはその理由がわかった。書き換えを申し出て、元助に追い返されたことがあるに違いない。

「お、お願いしやす」

頭を下げると、高弥はあの看板の経緯《いきさつ》を看板書《かんばんかき》に話して聞かせた。そうしたら、看板書《かんばんかき》は目尻の皺《しわ》に涙を滲《にじ》ませ、高弥の背を痛いほど叩いた。

「そうだったのか。そんな大事なもんなら尚《なお》さらだ。任しときなっ」

張りきった看板書《かんばんかき》は、皆が見守る宿先で、常に持ち歩いている自前の墨《すみ》と筆を使い、するすると看板をなぞり始める。ていや元助はどんな思いであったのだろうか。

「毎度ありっ。あばよっ」

颯爽《さっそう》と去っていく看板書《かんばんかき》を皆で送り出す。その腕は確かであった。見違えるようにくっきりと、艶やかに黒光りする文字になった。

墨《すみ》が乾くのを待ち、元助が看板を慎重にかけ直した。傷を負った腕も不自由がないほどには動かせるようになった。元助のことだから、多少のやせ我慢はあるだろうけれど。

手についた砂埃をパン、と叩いて払った元助は、どこか誇らしげであった。そんな元助を真ん中に、皆で生まれ変わった看板を見つめた。

相変わらずあなのかおなのか判然としない文字ではあるけれど、それがあやめ屋らしくていいと、高弥までそんなふうに感じていた。

「これでお客さんがもっともっと入りやす」

「あら、忙しくなるねぇ」

などと軽く笑うていの心は読めなかった。ただ、少しばかりその目が潤んでいた。亡くなったていの亭主もまた、新たな一歩を喜んでくれていると思いたい。

街道で固まって皆が宿を眺めている、そんな、いつもと違う朝であった。

●

このところ、志津の呼び込みの声には張りが出るようになった。

「さあさ、いらっしゃいませ、いらっしゃいませ。お泊まりはどうぞこのあやめ屋へ」

志津の声が、台所で仕込みをする高弥の耳にも届いた。その声を聞くと、どうにも照れ臭くなるのは、志津のひと言があったからだ。

るわ」

「高弥さんの料理は本当に美味《おい》しいから、わたしも張りきって呼び込みができ

——そんなふうに言われた。

大根を洗いに行っていた平次がいつの間にか戻っており、締まりのない顔の高弥を覗き込んでいた。

「料理が好きなのはいいけど、一人でにやにやしてんのはさすがにどうだろうなぁ」

「あ、や、これは、その——」

今度は真っ赤になった高弥に、平次はけらけらと笑う。

「しっかし、政きっつぁんの持ってきてくれた大根、美味《うま》そうだなぁ」

平次が藁縄《わらなわ》で丁寧に磨いてきた大根は、八百晋のものである。八百晋の手伝いをする政吉が天秤棒《てんびんぼう》を担《かつ》いで売りに来たのだ。ねじり鉢巻きの八百屋っぷりに、皆が腹を抱えて笑ったけれど、本人は至って真剣であった。

八百晋は店が直るまで、棒手振《ぼてふり》と辻売《つじうり》で商いをするとのことだ。政吉の申し出に親子は戸惑ったようではあるけれど、男手が増えたことを頼もしくは感じてく

れているのだろう。政吉の顔も生き生きとして見えた。

「へい。美味《うめ》ぇと思いやす」

大根は生でも煮ても揚げてもいい。考えるだけで楽しい。

「きっと、お客様も喜んでくれるよな」

平次は大根をひと撫でして、そんなことをつぶやいた。

このところ、料理を残す客がほとんどいなくなった。美味《うま》いと声をかけてもらえることも増えた。客の去り際には笑顔が零《こぼ》れている。

それは、高弥の実家、つばくろ屋では当たり前の光景であった。けれど、つばくろ屋を離れ、一人このあやめ屋に来てから思う。去り行く客を笑顔にするのは、たいそう難しいことだと。

ただ飯が美味《うま》いだけではいけない。心安らげる場を作り上げなくてはならないのだ。

それが、このあやめ屋でもほんの少しはできるようになってきたのだろうか。

もちろん、高弥だけの力ではない。

志津が力を入れて呼び込みをした。ていが丁寧に客を迎え入れた。平次がもてなしの心を持って荷物を運び、部屋へと通した。皆がそれぞれの役割を大切にこなすようになったからこそのことではないだろうか。

元助は――

一見変わりなく見える。愛想がいいとは言えない。

けれど、元助だから仕方がない。元助がにこやかな笑みを浮かべている様がどうしても想像できない高弥であった。

ただ、最近知ったこと。

元助はいつも座って帳場の座布団《ざぶとん》をあたため続けているが、何をどうすれば銭《ぜに》が浮くか、節制というものを常に頭に置き、いい案が浮かべばそれを書き連ねている。

亭主を亡くしてから、帳場が空《から》だとていが悲しい顔をする。それを見ていられなくて、番頭である元助はあそこに座っているようになった。平次がそんなことを言っていた。

こっそり見ていると、元助は周りに人がいないと帳面に何かを書いていた。人が見ていないところで仕事をするのが、ひねくれ者の元助らしい。

だから、入りたての頃、帳場辺りの板敷を拭いていると邪魔だと言われた。高弥が見ていると気が散ったからだろう。

料理を仕上げて配膳を手伝い、去る間際に、

「あら、この膾《なます》、酸《す》っぱすぎないし、歯ごたえはいいし、美味《おい》しいわねぇ」

客の声を障子の裏から聞き、高弥は満たされた思いで台所に戻った。

6

そして如月《きさらぎ》（二月）が過ぎようとしていた。

高弥が帰るまで、あとふた月――

朝一番、ほかほかに炊き上がった白米に、豆腐の味噌汁、昆布の佃煮《つくだに》。真っ白な、江戸っ子が何よりも好きな米。そこにこれまた江戸っ子好みの甘辛い味つけの佃煮《つくだに》が載るのだから、美味《おい》しくないわけがない。

「うん、美味《うま》い」

平次が嬉しそうに飯を頬張りながら言った。そんな様子に、志津もくすりと笑う。

「うん、美味《おい》しいわ」

「それはよござんした」

皆にこう面と向かって褒められることは少ない。改めて言われると照れてしまう。そんな和やかさの中、ていが元助に振った。

「ねえ、元助、美味《おい》しいわねぇ」

「ええ、まあ」

元助だけは素っ気なく味噌汁を啜《すす》る。元助はいつもこうである。食べてくれるだけいいと高弥は思っていた。

それでも、そんな元助にていは言う。

「美味《おい》しいなら美味《おい》しいって高弥に言ってあげなさいな」

その時、元助が味噌汁を喉に詰まらせ、ごほごほとむせ返った。

志津が慌ててその背を摩《さす》るけれど、ていはコロコロと笑っている。元助は咳が治まると、ぼそっとひと言、

「――まあ、悪かねぇ」

とだけ言った。

それだけを捻《ひね》り出すにも、元助のような男には大変なことであっただろう。そう思ったら高弥は可笑《おか》しくて、笑いを堪《こら》えるのに必死だった。けれど、堪《こら》えきれてはいなかったようだ。

「おいこら、てめぇ、笑いすぎだろ」

「す、すいやせん」

こんなにもひどい男がいるものかと思った。そんな元助をどこか可愛らしく感じる日が来るとは、高弥には思いもよらなかった。クク、と忍び笑いをしていると、わざわざ席を立った元助の拳骨《さかやき》が月代に飛んできたのだけれど。

そんな様子を見ながら、平次は懐かしそうにつぶやく。

「旦那さんがいた頃みてぇだなぁ。これで政きっつぁんもいたらいいのに」

それを聞いたていが、椀を手に小さく息をつく。

「ええ、そうねぇ。こんなに笑ったのはいつぶりかしら」

楽しい。あやめ屋での日々を、高弥自身もそう感じられるようになっていた。

けれど、だからこそ、ここを去る日を思うと胸がギュッと苦しくなるのである。

楽しければ楽しいほど、その日が来ることを考えずにはいられなくなっていた。別れは必ず来る。そんなことは最初からわかっていたはずなのに。聞き分けのない心を静めるように、高弥は皆と笑いながらそっと胸を摩《さす》った。

――しかし、客足というのは不可思議なものだとつくづく思う。

あやめ屋の皆がばらばらに動き、表向きだけをなんとか保っていたような時には、客は寄りつかなかった。けれど、皆が少なからず協力し合い、笑い、楽しく働いていると、呼び込もうとした以上に客が入る。このところ、損料屋で夜具を借りなければ足りなくなることもしばしばであった。

商売の神様は人の助け合いや笑い声が好きなのかもしれない。

その後、棒手振《ぼてふり》がいい鰯《いわし》を持ってきてくれた。せっかくだから、平次と捌《さば》くつもりでいた。

「ヒッ。血が、血が出てるっ」

高弥が手本に鰯《いわし》を下ろす様子を見て平次が騒ぐ。高弥は血のついた包丁を手に振り返った。

「んなこと言ってねぇで、よく見ていておくんなさい。次は平次さんにやってもらいやす」

「無理だっ」

「やる前から言わねぇでくれやせんか」

平次は、野菜などを扱う時はこなれてきたのだが、生臭《なまぐさ》がどうにも苦手であった。これを克服してもらわねばと思うのだが、なかなか上手くいかない。

「さ、どうぞ」

高弥が手ぬぐいでまな板を拭き、そこに鰯《いわし》を一尾載せて場所を譲ると、平次は震える手で包丁を握った。しかし、体が逃げている。

「左手、ちゃんと押さえねぇと滑りやす。包丁で背を撫でても切れやせん。ちゃんと力を入れてくださいっ」

「だ、だって――」

「だってもへったくれもありやせん」

厳しく、ぴしゃりと言った。いつもは自分の方が下っ端だと思っているけれど、料理に関してだけは違う。ここは譲れない。生臭《なまぐさ》が扱えないなら、寺での精進料理と変わらないのだ。

平次の叫びが台所に響いた。

「あら、今日は賑やかねぇ」

そんな志津ののん気な声がした。

●

そうして、八百晋が無事に普請《ふしん》を終えたのは、高弥が品川を去る日が迫った晩春であった。それでも早い方だ。八百晋だけでなく、通りの瓦礫《がれき》は取り払われ、真新しい家屋が並びつつある。

江戸はよく火事に遭うけれど、その再生ともいうべき復興の早さには目を見張るものがあり、あの火事のつらさの中にも人の強さを感じる。

新たな佇《たたず》まいの八百晋を見ることができて、高弥も胸がいっぱいになった。前の店と造りは同じ、八百晋は無事に蘇《よみがえ》った。

それを見届けて満足したのか、政吉はあやめ屋に帰ってきた。暖簾《のれん》を潜《くぐ》った政吉に、皆が驚きを隠せなかった。

「只今戻りやした」

しょっちゅう顔は合わせていた。天秤棒《てんびんぼう》を担《かつ》いであちこちしていたせいか、以前よりも逞《たくま》しくなり、男ぶりが上がったようにも思われる。いや、そればかりではなく、一途に人を思い、身を粉《こ》にして働いたことで政吉自身が磨かれたのだろう。

「政きっつぁんっ」

平次も驚いて目を瞬《またた》かせる。その様子を見て、政吉は鼻面《はなづら》に皺《しわ》を寄せた。けれど、それは笑っているようにしか見えなかった。

「おいこら、俺がもう戻ってこねぇと思ってたみてぇな面《つら》しやがって。俺のことなんざ忘れたってぇのか。冷てぇなぁ」

「そういうんじゃなくてっ」

たじたじになった平次を、志津がやんわり助けに入る。

「政さんはきっと、お由宇ちゃんのお婿になって八百晋を継ぐんじゃないかって思ったのよ。わたしだってそうだわ」

はっきりと言われ、政吉の方が言葉に詰まった。

「いや、そんなんじゃねぇよ――」

あまり込み入ったことは訊《き》けない。高弥はひとつ息をつくと、自分が腰に巻いていたあやめ屋の前掛けを外し、軽く畳んで政吉に差し出した。

「政吉さん、お借り致しやした。ありがとうございやす」

高弥は笑っていられた。けれど、心中では寂しさが溢《あふ》れた。前掛けを取ったことで腰回りが寒くなった。だからこんなにも寂しいような気持ちになるのだと、そう考えて心を落ち着けた。

「あ、ああ――」

政吉は少しぎこちなく前掛けを受け取った。その時、皆が急に無口になった。それは、高弥に残された時があと少しであることを思い出したからだろうか。

静かな夜は小さな物音さえもよく響いた。高弥は眠ったつもりでいても、眠りが浅く、襖《ふすま》を隔てた向こう側から漏れ聞こえる声を聞いた。

「女将《おかみ》さん、それ――」

「あら嫌だ、お志津ったら起きていたのかい」

「こんな夜分に針仕事なんて、目を痛めてしまいます」

「そうねぇ。それもこんなもの縫って、どうしようってのかしら」

「こんなものって、前掛けじゃあないんですか」

「そうだよ、前掛けさ。――今さら渡しても仕方ないってのにね」

「もしかして、高弥さんのですか。政さんに返してしまったから」

「ええ。でも、もう少ししかここにいてもらえないのをわかっているくせに、こんなものを渡したら、かえってあの子に気を遣わせちまうわね。わかっちゃいるのにね、つい。やっぱり渡すのはやめておこうかねぇ」

「――高弥さんは板橋に帰っても、このあやめ屋のことを覚えていてくれるでしょうか」

志津の声は頼りなく、言葉尻が揺れた。まるで泣くのを堪《こら》えたような、そんな声であったのだ。高弥はそれを聞いた途端、胸が痛んだ。喉の奥に鈍《にぶ》い痛みが広がっていく。

「あちらのお宿はえらく繁盛しているようだから、忙しくて毎日大変でしょうよ。それでも、たまぁにならなら思い出してくれるんじゃあないかしらねぇ。あたしがそうであってほしいって思っているだけかもしれないけどさ」

帰る。

一年は長いと思ってこの品川に来た。最初の幾月かは本当に、一日が長く感じられた。けれど、後はあっという間であった。

この一年、己がまるで成長していないとは思わない。想念の教えを自分なりに考え、精進してきた。祖父の言った、与える仕合《しあわ》せも今は少しばかり感じられる。この宿で、あやめ屋の皆の役に立てることが、高弥にとっても仕合《しあわ》せなことであったから――

●

高弥は残り僅《わず》かな時の中、平次に教えられることは目一杯に詰め込んだ。けれど、形ばかりは整って見えても、これだという味を体が覚え込むまでには時がいるものなのだ。

ていの塩辛い料理を食べ続けた平次だから、そのところの感覚がどうにも鈍《にぶ》い。

味つけが濃くなりすぎる傾向がある。自分が薄いと感じるくらいが程よいのだと、平次には口うるさく言った。

もどかしい。できることならあと一年――あと一年あれば、平次ももう少しできるようになる。それまでそばについていられればいいけれど、そうもいかない。約束は守らねばならない。あと少しと頼むのは甘えである。

つばくろ屋は忙しいのだ。父は高弥がいない間、毎日の仕込みをすべてこなしているのだろう。そう思うと、あと少しとは易々と言い出せない。

だから、どうあっても平次には頑張ってもらわなくてはならない。

焦る気持ちが強かったのだろう。毎日を追われるようにして過ごす。

それでも、板橋に戻る日は近づく。高弥は新しくなった八百晋へ買い出しに出かけた。

以前とは違い、政吉は高弥に行けと言う。高弥がもうすぐ去るからであろうか、それとも、由宇とは心を通わせたから足しげく通う理由がなくなったのであろうか。

「おはようございやす」

店先で岡持桶《おかもちおけ》を手に挨拶をした高弥を見るなり、由宇はどこか寂しげに笑った。

「ああ、高弥さん。おはようございます」

なんでもないように振る舞うけれど、そんな素振りを見せたことは今までなかった。引っかかりを覚えつつも、由宇が薦めてくれる野菜の話だけをした。

岡持桶《おかもちおけ》に入ったからし菜と独活《うど》に目を向けると、ついつい、どう料理するかばかりを考えてしまう。

「いい野菜をありがとうございやすっ」

「いいえ、こちらこそいつもありがとうございます」

由宇はフフ、と優しく笑っていた。先ほど感じたものは気のせいであったのかと、高弥はそのまま頭を下げて八百晋を離れた。

すると、何故か晋八がついてくる。何か忘れ物かと高弥が首をかしげると、晋八は大柄な体を屈《かが》めてぼそりと言った。

「お前さん、もうちっとあやめ屋にいるこたぁできねぇのかい」

「へっ」

晋八はせっかく新たな店で商いを始められたというのに、あまり嬉しそうに見えなかった。わけがわからず、高弥は心配になる。

その理由を晋八は由宇の目を気にしながら語った。

「実はな、政吉にお由宇の婿に来てくれって頼んだんだ」

由宇の父である晋八に認められたとは、願ってもないことである。政吉の想いが実を結んだのだ。高弥は我がことのように嬉しかった。

「めでてぇことで。祝言《しゅうげん》はいつですかい」

めでたい話であるはずが、晋八の顔は浮かない。どうしたことかと思案すると、晋八は言った。

「それがな、政吉のヤツ、高弥が抜けるから今度はあやめ屋が大変になる、自分の勝手を許してくれた宿にも義理があるからって言いやがった」

「そ、それは――」

政吉なりに悩んだのだろう。そうして出した答えなのか。

けれど、そんなことを言っている間に由宇に他の縁談が持ち上がるかもしれないというのに。

不安がないわけではないだろう。それでも、政吉は晋八の申し出に飛びつかずにあやめ屋に戻った。ていはこの話を知っているのだろうか。

「お由宇は政吉が行っちまってから、政吉が来るのを店先で待ってんだ。ところが、待ってると来ねぇんだよな」

はぁ、と晋八はため息をついた。

政吉が由宇のところへ足を向けようとしないのは、顔を見たら義理を通すよりも、由宇のそばにいることを選んでしまいそうになるからではないだろうか。そう考えたらなかなかに切ない。

高弥がここに残ることができたなら——そんなことを考えてしまうけれど、それはできない。

新たな奉公人を入れるか、平次が力をつけ、政吉が抜けてもなんとかやっていけるようになるのを待つしかないのか。


あやめ屋へ戻って早々、高弥は政吉と顔を合わせた。岡持桶《おかもちおけ》を台所に置くと、高弥は政吉の腕を引いて井戸端へ行く。そして、小声で訊《たず》ねた。

「政吉さん、お由宇さんとのこと、聞きやした。本当にいいんですかい」

すると、政吉は困った顔をした。いいわけがない。当たり前だ。

「――一度ここを離れたからこそ、余計にこのあやめ屋のありがたみがわかったって言ったら、お前は今さらだって笑うか。俺はあやめ屋に育ててもらったってぇのに、何の恩も返してねぇ。これで胸張って出ていけんのかって考えたら、今はまだ無理だ」

八百晋を支えようとした政吉は、ひと回り器が大きくなった。それを改めて感じる。けれど皮肉なことに、そのせいで今まで見えていなかった恩にも気づいたのだ。

力になりたいけれど、今の高弥にはどうしてやることもできなかった。

心残りばかりが膨らんでいく――

●

ついに五月。高弥はあやめ屋を去る。

ていが仕上げてくれた前掛けのことには一度も触れなかった。互いに知らない振りを決め込む。

支度も、もとより荷物は少ないのだからすぐに終わってしまった。

「本当にお世話になりやした。ここでのことは、一生忘れやせん。また、こちらに来た時には寄せてもらいやす」

畳の上で三つ指突いて、丁寧に頭を下げる。

またというのがいつになるのか、高弥自身にもわからなかった。互いに商いをする以上、どちらも宿を閉めてまで、そうそう会いには行けぬだろう。わかった上で、それでも言わずにいられなかった。

またいつか会いたいと思う。これが今生《こんじょう》の別れとなってはあまりに悲しいから。

高弥は畳に額をつけたまま、なかなか顔を上げられなかった。上げたら最後、涙が零《こぼ》れそうだった。

けれど、そんな高弥よりも先に平次の鼻をすする音がした。

「泣かないでよ、平さん」

志津が叱るように言ったけれど、志津の方こそ涙声であった。

「仕方ねぇよ、お志津」

落ち着いた声でそう言ったのは、政吉であった。本当に、随分と落ち着いた。これなら由宇といい夫婦《めおと》になれたはずなのに。できることならそれを見届けたかった。

畳に突いたままだった手を下げる時、さりげなく目尻を拭い、高弥は顔を上げた。そんな高弥に、ていは菩薩《ぼさつ》のような笑みを浮かべていた。

「ありがとう、高弥。いつまでも達者でね」

引き留めたりはしなかった。ていはなかなかわがままを言えない人だから。

高弥はうなずき、そうして立ち上がった。元助は無言であった。けれど、目が多くのことを語っているように見えた。

見送りは要らないと言った。それは、みっともない泣き顔を見せたくない高弥の強がりだ。

最初はこの宿のすべてが本当に嫌だった。けれど今は、あやめ屋の皆に健やかであってほしい。仕合《しあわ》せでいてほしい。

そう願わずにはいられなかった。皆のことが好きで、この宿のことが実家のつばくろ屋と同様に恋しい。こんなにも別れがつらいのは、高弥がそれだけあやめ屋に心を傾けて過ごしたからなのだ。想念が言ったように、気持ちが伴うと皆がそれに応《こた》えてくれた。

人を動かすことは容易ではないけれど、その後で生まれる絆《きずな》は確かにある。

あやめ屋を出て、高弥はすぐに駆け出そうとした。けれど、そんな高弥を志津だけが追ってきた。

「高弥さん、ありがとう。わたしたちのこと、忘れないでね」

そう言って、志津がほろりと涙を零《こぼ》した。その涙を見た時、高弥の胸がさらに痛んだ。

ああ、もしかすると、自分は志津のことを好いていたのかな、と。

「忘れっこありやせん。じゃあ、お元気で――」

もう、振り向かなかった。志津を見ていると、離れがたい気になってしまう。

つぐみ屋や、馴染《なじ》みのところには昨日のうちに挨拶を済ませた。これ以上できることはないはずなのだ。ここにいる理由は、ない。

それなのに、高弥の足に潮風が絡みつくようであった。品川宿を抜ける一歩手前で、高弥は立ち止まった。それは、明らかな未練だった。

震える手で自分の頬を打った。喝を入れ、目を覚まさせる。

父との約束は大切だ。けれど、このままでは帰れない。帰っても、あやめ屋のことが気がかりで何も手につかない。

高弥はこの時、自分の心に正直に、足を動かしていた。街道の賑わいの中を懸命に駆けた。板橋宿へではない。あやめ屋へ向けて――

そうして、汗を流し、息を切らして、さっき別れを告げたあやめ屋の宿先へ飛び込んでいた。

「高弥っ」

ていが驚いた声を上げた。その声に皆が集まってくる。

「なんだ、忘れもんかよ」

元助が言う。けれど、その声は呆《あき》れているふうではなかった。響きがどこか優しい。

高弥は土間から皆の顔を見上げ、そうして言った。

「おれ、実家に戻ったら、もう少しだけこのあやめ屋にいさせてくれって頼みやす。きっと、うんって言わせてみせやす。だから、もう少しおれをこのあやめ屋に置いてくださいっ」

言いきった途端、涙が零《こぼ》れた。高弥は慌ててそれを拭う。

力になりたい。もっと、力になりたい。

そのことに喜びを感じる自分になったから、このまま帰っては悔いが残る。

これがわがままだとしても、貫きたい。それが自分に恥じない生き方だと思うから。

つばくろ屋のために修業に行けと告げた祖父ならば、なんと言うか。本末転倒だと思うか。

いや、祖父ならば納得のいくところまでやり遂げろと言ってくれるのではないだろうか。世話になったくせに、困っているのを見過ごしてはいけないと。

「ご実家の方も大変なんじゃないのかい」

ていは探るようにしてつぶやく。

「でも、このままじゃ中途半端に投げ出したみてぇで。今、この宿におれがいるべきだって思うのは思い上がりでござんすか」

ここにいてほしいと、ただそれだけを言ってほしかった。

皆の目がていに集まる。ていはふと笑った。ほんの少し目が潤む。

「高弥にもう少しいてほしいなんて、頼んじゃいけないって堪《こら》えていたのに、高弥の方からそんなことを言うんだね」

場がふわりと和らぐ。皆の目が高弥に向いた。

高弥は大きくうなずく。

「女将《おかみ》さん、戻ったらおれにあやめ屋の前掛けをください。約束でござんす」

そう言い残し、高弥は今度こそ板橋へ向けて走り出した。

さあ、父になんと切り出そうか。母は味方をしてくれるだろうか。

——ここはひとつ、祖父に助けてもらおう。

祖父なら、困った人を見捨てなかったと。

「よしっ」

高弥は晴れた空に向かい、大きく手を振り上げた。

●参考文献

『ビジュアル・ワイド　江戸時代館』（小学館）
『カラー版徹底図解　江戸時代　浮世絵・古地図で知る大江戸八百八町』（新星出版社）
児玉幸多 編『日本史小百科　宿場』（東京堂出版）
竹内誠 監修『図説江戸４　江戸庶民の衣食住』（学習研究社）
竹内誠 監修『図説江戸５　江戸庶民の娯楽』（学習研究社）
『図説　東海道歴史散歩　宿駅制度４００年記念保存版』（新人物往来社）
髙梨尚之『永平寺の心と精進料理』（学習研究社）
大本山建長寺 監修『建長寺と鎌倉の精進料理』（学習研究社）
『江戸・東京文庫⑦　江戸四宿を歩く』（街と暮らし社）
菊地ひと美『江戸の暮らし図鑑　女性たちの日常』（東京堂出版）
菊地ひと美『ひと美の江戸東京名所図絵　江戸の女・町めぐり』（講談社）
山本眞吾『時代小説「江戸」事典』（双葉文庫）
歴史群像編集部 編『時代小説職業事典　大江戸職業往来』（学研教育出版）
歴史群像編集部 編『時代小説用語辞典』（学習研究社）
大森洋平『考証要集　秘伝！　ＮＨＫ時代考証資料』（文藝春秋）
大森洋平『考証要集２　蔵出し　ＮＨＫ時代考証資料』（文藝春秋）

ホームページ『品川区　品川歴史散歩案内　東海道品川宿のはなし』
（https://www.city.shinagawa.tokyo.jp/PC/sangyo/sangyo-bunkazai/index.html）
ホームページ『幕末トラベラーズ』
（http://www.japanserve.com/bakumatsu/index.html）
ホームページ『品川区立　品川歴史館』
（http://www.city.shinagawa.tokyo.jp/jigyo/06/historyhp/hsindex.html）
ホームページ『品川硝子と東海寺の地図』
（http://uranglass.gooside.com/sgfmap/sgfmap.htm）
ホームページ『方言ジャパン』
（https://hougen-japan.com）

●付記

フィクションという性質上、当時の文化や風習を脚色している部分があります。

時は天保十四年。中山道《なかせんどう》の板橋宿《いたばししゅく》に「つばくろ屋」という旅籠《はたご》があった。病床の主にかわり宿を守り立てるのは、看板娘の佐久《さく》と個性豊かな奉公人たち。他の旅籠とは一味違う、美味しい料理と真心尽くしのもてなしで、疲れた旅人たちを癒やしている。けれど、時には困った事件も舞い込んで——？
旅籠の四季と人の絆が鮮やかに描かれた、心温まる時代小説。

◎定価：本体670円＋税　◎ISBN978-4-434-24347-9

●illustration:ゆうこ

会川いち
座卓と草鞋と桜の枝と

会川いち
座卓と草鞋と桜の枝と
心に沁みる
日常がある

居酒屋
ぼったくり
Takimi Akikawa 秋川滝美
1~7
酒飲み書店員さん、
絶賛!!
累計
95万部
突破!
旨い酒と
美味い飯、
そして
優しい人が
ここにいる。

居酒屋
ぼったくり
Takimi Akikawa 秋川滝美
7
シリーズ累計
94万部
突破!!
料理と
酒に
心が和む
呑んで、
喰って、
明日は
笑おう。

嫌いで仕方なかった母が突然、
私の家にやってきた。手に負えないほどの
大きな問題を抱えて――

自由奔放な母に嫌気が差し、田舎を飛び出してひとりで暮らす綾乃。そんな綾乃の家に、ある日突然、母の珠貴がやってきた。不本意ながら始まった数年ぶりの母娘生活は、綾乃の同僚若菜くんや、隣の家の不登校少女すずちゃんを巻き込んで、綾乃の望まない形で賑やかになっていく。だが、ある時綾乃は気付いてしまう。珠貴の身体が、すでに取り返しのつかない状態になっていることに。そしてあろうことか、綾乃の身体にも――
さよならからはじまる、憎らしくも愛おしい母娘再生の物語。

●定価：本体1200円＋税　●ISBN978-4-434-24816-0

illustration：ふすい

就職活動に連敗中の一ノ瀬小海は、商店街で偶然出会った茶トラの猫に導かれて小さな不動産屋に辿りつく。怪しげな店構えを見ていると、不動産屋の店長がひょっこりと現れ、小海にぜひとも働いて欲しいと言う。しかも仕事内容は、管理するアパートに住みつく猫のお世話のみ。胡散臭いと思いつつも好待遇に目が眩み、働くことを決意したものの……アパートの住人が、この世に未練を残した幽霊と発覚して!?
幽霊たちの最後の想いを届けるため、小海、東奔西走!

◎定価：本体640円+税　◎ISBN978-4-434-25564-9　◎Illustration：げみ

この作品に対する皆様のご意見・ご感想をお待ちしております。

おハガキ・お手紙は以下の宛先にお送りください。

【宛先】

〒150-6005 東京都渋谷区恵比寿4-20-3 恵比寿ｶﾞｰﾃﾞﾝﾌﾟﾚｲｽﾀﾜｰ 5F
（株）アルファポリス　書籍感想係

メールフォームでのご意見・ご感想は右のＱＲコードから、
あるいは以下のワードで検索をかけてください。

アルファポリス　書籍の感想　検索

ご感想はこちらから

ALPHAPOLIS
WEB CITY SINCE 2000
アルファポリス文庫

東海道品川宿《とうかいどうしながわしゅく》あやめ屋《や》

五十鈴りく（いすず りく）

2019年 7月 5日初版発行

編　集－宮田可南子
編集長－太田鉄平
発行者－梶本雄介
発行所－株式会社アルファポリス
〒150-6005 東京都渋谷区恵比寿4-20-3 恵比寿ｶﾞｰﾃﾞﾝﾌﾟﾚｲｽﾀﾜｰ5F
TEL 03-6277-1601（営業） 03-6277-1602（編集）
URL http://www.alphapolis.co.jp/
発売元－株式会社星雲社
〒112-0005 東京都文京区水道1-3-30
TEL 03-3868-3275
装丁イラスト－ゆうこ
装丁デザイン－AFTERGLOW
印刷－中央精版印刷株式会社

価格はカバーに表示されてあります。

落丁乱丁の場合はアルファポリスまでご連絡ください。

送料は小社負担でお取り替えします。


ISBN978-4-434-26042-1 C0193